U0492362

明
室
Lucida

照 亮 阅 读 的 人

大熊座
的
呼唤

INGEBORG
BACHMANN SÄMTLICHE GEDICHTE

[奥] 英格博格·巴赫曼 著

徐迟 译

英格博格·巴赫曼
诗合集

北京联合出版公司
Beijing United Publishing Co.,Ltd.

目 录

少时诗作

3   "我"

4   灰色的日子过后

6   仰望中

8   我问

10   在夏季

12   界限

13   迎着一个冬天……

一九四八年至一九五三年诗作

17   ［傍晚我向我母亲］

18   ［我们走吧，尘埃中的心］

19   ［这或许意味深长］

20 疏离

21 酒醉的黄昏

23 在墙后

25 ［在夜的蹄声中］

26 向傍晚说

27 幻景

29 无人

30 我该如何称呼我？

32 ［各港口敞开了］

33 ［世界辽阔］

35 ［我仍惧怕］

36 无的证明

被暂缓执行的时间

I

40 出航

43 告别英格兰

45 落下吧，心

47 诉说晦暗

49 巴黎

51　大宗货物

52　轮舞

53　秋季演习

55　被暂缓执行的时间

Ⅱ

58　三月里的星

59　在晨曦中

61　木头与刨花

63　主题与变奏

66　正午初至

69　所有日子

71　致一位指挥官

74　讯息

Ⅲ

76　桥

78　夜间飞行

81　诗篇

84　在玫瑰的阵雨中

85　盐与面包

87　维也纳附近的重要风景

92　梅什金公爵于芭蕾哑剧《白痴》中的一段独白

大熊座的呼唤

I

120　游戏结束了

123　关于一片土地，一条河流与那些湖泊

141　大熊座的呼唤

143　我的飞鸟

II

148　土地侵吞

150　生平经历

156　归途

159　雾之国

162　蓝色时刻

164　向我解释，爱情

167　碎片之丘

169　洁白中的日子

171　哈莱姆

172　广告

174　死港

176　谣言与诽谤

179　什么是真

Ⅲ

182　初生之国

184　一座岛屿的歌

190　北与南

191　两个版本的信

194　罗马夜景

195　在葡萄藤下

196　在阿普利亚

198　黑色华尔兹

200　多年后

201　影子玫瑰影子

202　留下吧

203　在阿克拉加斯

205　致太阳

IV

208　　流亡途中的歌

一九五七年至一九六一年诗作

225　　兄弟情谊
226　　[别为这民族裁定信仰]
227　　和平旅馆
228　　流亡
230　　这场洪暴过后
231　　米利暗
233　　洋流
234　　去吧，思想
235　　爱：黑暗的大洲
238　　咏叹调之一
239　　自由通行（咏叹调之二）
241　　你们这些词

一九六四年至一九六七年诗作

247　　确切

248 波希米亚在海边

250 布拉格,六四年一月

252 一种损失

254 谜

256 非佳肴

少时诗作

"我"

我忍受不了奴役

我始终是我

若有什么要让我弯曲

我宁可折断。

若命运的艰苦

人类的强权到来

来吧,我就这样生存,我就这样坚守

我就这样坚守至最后一丝气力。

因此我总是同一个我

我始终是我

若我上升,我便升得高

若我下落,我便彻底落。

灰色的日子过后 *

唯有一小时自由!

自由,远方!

如天穹中的夜歌。

愿我

在日子上高飞

探寻遗忘——

在暗水上行走

找寻为我灵魂插翅的

白玫瑰

也愿我,哦上帝,不再记起

长夜的苦涩,

在双目圆睁的夜里

面对无可名状的困窘。

我的脸颊上有泪

---

* 以下六首诗选自《心之动》,是创作于一九四四年至一九四六年间的一辑诗,巴赫曼曾为之拟了四个题目,另外三个分别为《我在镜中》《不休的漫游》《梦中休憩》。——译者注,全书同

来自癫狂之夜

美丽希望的虚妄之夜

来自打破枷锁

饮光的心愿——

唯有一小时看着光!

唯有一小时自由!

仰望中

空洞的享受过后
我屈辱、苦涩、黯然地
理解自己，体会自己
让自己还有价值。
我是一条河流
波浪在找岸，
沙中投下阴影的灌木丛，
太阳使人温暖的光芒，
哪怕只此一次。

可我的路不怀怜悯。
它的没落把我沉入海洋
伟大、恢宏的海洋！
我唯有这个心愿
让我翻涌着泼洒入
最无垠的海。

一种迎接更甘甜
海岸的渴望
如何能囚禁我
若我依然还明白
最后的意义!

我问

时时刻刻我自问千遍
这样的负疚意识从何而来
这沉闷的愈发深刻的痛苦。
我早已丧失所有
在疲乏中感受自身的欢愉,
我在迈进中备受煎熬
又苦于自己无力抵抗。

我在向天瞭望时摇晃自己
在享受与暴怒时试探自己。
我和上帝及他的世界一起崩毁
即便下跪时也从未感受过
恭顺宁静的存在
其他所有人如此轻易便可赢取。

可我必须属于上帝,带着所有矛盾。
如此信仰他,如我必须相信

他必要从他的光线中造出我。
你多么劳累,生育了我的世界,
只准备给我拴上锁链
还有,在我能熊熊燃烧,让自己陶醉之处
更坚实地为我铭下你的影子。

在夏季

在睡眠与梦境间

在繁茂的草坪上

我的目光游向

无尽的高处。

多么泡影般的一种生活!

云飘散在云上

像这些炽烈的时辰,

它们将沉进

沼泽般的池塘

正中暗淡的痛。

我心如止水,

焦灼的炎热

把我投入宁静。

日复一日。

我的眼睛始终凝视它

金黄的太阳。

它就要停留在

一道阴影升腾之处。

苦涩的是错过。

界限

你点燃蜡烛
与大火
以宽阔无尽的
光耀。

你往昏蒙的烟雾中
投入吐舌的火炬,
你从眼里和心里播撒
你所拥有的。

这永远只是尝试,
摸索的道路,
永远只是你
承自光中的比喻。

迎着一个冬天……

1

我从未打算如此沉沦
我不打算相信,
即便在喧嚣中
我找到的神圣时刻,
会如喜怒无常的风背离我。

我将漫游,追寻。
若我把它找到,
我绝不会再放手,
烦闷的日子
如绸布将我磨出流苏。

我有过孤独,我正哭泣
我那么轻易地放开了它
它是来给予的,

它定是来给予的，
当睡眠将我笼罩！

2

若你把垂死的白昼
捆缚，彻底将它填满，
寂静地思索，
每个夜晚都让人痛苦。

在有意而为的存在
与它空泛填满
愈发狭窄的圆之间
裂开一道深渊。

虽然在梦中
你已常常拥抱
天空与宏伟的高峰
它们却只残留于梦。

一九四八年至一九五三年诗作

[傍晚我向我母亲] *

傍晚我向我母亲
暗自询问起钟鸣,
我该如何为自己解释白天
如何预备黑夜。

在心底我总期盼
全无保留地诉说一切,
在和弦中挑选
围绕我演奏的乐音。

我们一起悉心静听:
我母亲又梦见我,
她触及我本质的
大调与小调,像一支老歌。

---

* 标题带方括号的诗作原诗无题,中文版参考德文版做法,以首行诗句加方括号表示诗题。下同。

[我们走吧,尘埃中的心]

我们走吧,尘埃中的心,
已在拒绝中冷酷了许久。
他们就是听不见,他们太聋,
无法哀叹尘埃中的呻吟。

我们唱吧,胸膛中的调,
它还未曾从那里逃逸。
只是偶尔有人发现:
我们并非被迫停留。

我们停吧。让缓步终止。
否则终结也将腐朽。
将目光聚向上帝:
我们已收获离别!

[这或许意味深长]

这或许意味深长：我们消逝，
我们不请自来，必将离去。
可我们言谈，相互不理解
彼此的手一瞬也不曾相触，

破碎如此之多：我们无力经受。
连尝试都受陌生征兆胁迫，
而那深切凝视我们的渴盼，
割断一枚十字架，单独把我们抹除。

疏离

在群树中我再也见不到树。
枝条失去了让它们立于风中的树叶。
果实是甜,但没有爱。
甚至无法果腹。
只是又当如何?
森林在我眼前退避,
鸟儿在我耳边缄口,
没有草地为我成床。
我餍足于时间
也为之饥渴。
只是又当如何?

山上的火会在夜间燃烧。
我该不该启程,再次接近一切?

在一条路上我再也见不到路。

酒醉的黄昏

酒醉的黄昏,满是酣光,
踉跄至窗前,渴望歌唱。
窗玻璃畏惧密集地相互拥挤,
它的影子纠缠在玻璃里。

它在房屋海周围蹒跚渐暗,
撞见一个孩子,叫喊着把他驱赶,
它气喘吁吁地尾随一切,
低声说出令人畏惧的话语。

在幽暗墙缘旁潮漉的院子里
它在角落与老鼠嬉戏。
一个女人,身穿灰色破陋的长袍
在它面前远远退却,藏往更深处。

井边仍潺流一丝细线,
一滴水跑去抓捕另一滴;在那里

它陡然从锈斑堵住的洞中饮水
帮着洗净漆黑的排水沟。

酒醉的黄昏,满是酣光,
踉跄至窗前,渴望歌唱。
窗玻璃破碎。它面容带血
闯进来,与我的恐惧搏斗。

在墙后

我如枝头的雪
悬在山谷的春天里,
我如风中冷泉般飘荡,
如一滴水
潮湿地落入花丛
花朵腐烂在它周围
像在沼泽周围。
我是不断向死的念想。

我飞翔,因为我无法安静行走,
穿过所有天空中坚固的楼宇
推倒石墩与高耸的围墙。
我警戒,因为我无法睡在黑夜,
它与海洋遥远的呼啸相异。
我登入瀑布之口,
自岭上释放吵扰的卵石。

我是世间大惧之子,
它悬于平静与欢愉中
仿佛日子脚步里的击钟
仿佛成熟耕田里的镰刀。

我是不断向死的念想。

[在夜的蹄声中]

在夜的蹄声中,在门前黑牡马的蹄声中,
我的心仍像从前那样颤抖,飞驰中向我递来的马鞍
红如狄俄墨得斯*借我的笼头。
风在暗淡的道路上喧啸至我眼前
吹开沉睡树木的黑卷发,
让被月光打湿的果实
惊恐地跳到肩头与剑面,
我把鞭子
甩上一颗熄灭的星。
只一次我按捺住吻你不忠嘴唇的脚步
你的发已纠缠在缰绳中
你的鞋拖曳在尘土中。

我仍听见你的呼吸
和你击中我的言辞。

---

* 古希腊神话中的英雄,阿尔戈斯的君主,曾参加过特洛伊战争。

向傍晚说

我的疑惑,苦涩不平息,
渗入傍晚深处。
疲倦在我耳边歌唱。
我倾听……
那却已是昨天!
那却来而复去!

我熟识睡之路,乃至最甜的界域
我绝不想去那里。
我还不知道,幽暗的湖在何处
完成对我的折磨。
那里应有一面镜子,
清澈密闭
因痛苦闪烁
想向我们
展露缘由。

幻景

此刻已是第三声雷鸣！
海中缓慢浮现一艘艘船。
桅杆被烧焦的沉船，
胸腔被射穿的沉船
半截碎裂的躯壳。

静默地游动，
不可闻地穿过黑夜。
没有波浪在它们身后闭合。

它们没有路，它们不会找到路，
不会有风敢牢牢抓住它们，
不会有港口敞开。
灯塔能假装沉睡！

若这些船靠了岸……
不，不可靠岸！

我们会像在宽阔的浪涛上
围着它摇晃的鱼群般死去
成为千万条尸体!

无人

入魔的云间城堡,我们在其中飘荡……
谁知道,我们是否已如此穿越许多天空
睁着呆滞的眼睛
我们,被逐到时间里
被撞出空间外,
我们,穿过夜与无底深渊的飞鸟。

谁知道,我们是否已在上帝身边盘桓
因为我们疾闪如箭未将他看见
继续抛撒我们的种子
为了在更黑暗的世代中延续生命
现在便罪恶地飘荡?

谁知道,我们是否早已死去很久?
云团随我们越飘越高。
稀薄的空气如今已麻痹双手
若我们的嗓音破碎,呼吸终止……?
入魔会不会停留至最后一刻?

我该如何称呼我?

我曾是一棵被束缚的树,
然后化成鸟溜走获得自由,
我被捆绑在一道壕沟里,
爆裂自己释出一枚肮脏的蛋。

我如何保持我?我已经忘记
我从哪里来,要到哪里去,
我为许多身躯着迷,
一根坚硬的荆棘和一头逃跑的鹿

今天我是枫树枝的朋友,
明天我对树干犯下罪行……
罪恶何时开始跳起轮舞,
让我伴着它自种子游向种子?

但我心中仍有一场开端在歌唱
——或一场终结——阻挡我的逃离,

我想摆脱这罪恶的箭,
它在沙粒与野鸭中找寻我。

也许我终将认清我,
一只鸽子一块滚石……
只差一个词!我该如何称呼我,
无须运用另一种语言。

[各港口敞开了]

各港口敞开了。我们驾船驶入,
扬帆向前,梦登上甲板,
钢靠在膝头,笑声萦绕发间,
因为我们的桨打入海,比上帝快。

我们的桨拍上帝的舵叶,分洪流;
前方是白昼,后方遗留黑夜,
上方是我们的星,下方沉落其他的星,
外面风暴已消寂,里面生长着我们的拳。

直到进出一场雨,我们才再次聆听;
枪矛落下,天使显现,
更黑的眼睛凝注我们的黑眼睛。
被歼灭的我们站在这里。我们的纹章飞起:

血泊中一只十字架,心上一艘更大的船。

[世界辽阔]

世界辽阔，国与国之间的道路
及场所众多，我全都熟悉，
我在所有高塔上见过众城，
见过将来到和已离去的人。
辽阔的是太阳与雪的田野，
在铁轨与道路之间，在山与湖之间。
世界之口辽阔，我的耳畔满是声响
它还在夜里展写多样的歌谣。
五杯葡萄酒我一饮而尽，
我的湿发被四面风吹干，在它们变幻的房中。

旅途已尽，
我却与空虚走到了尽头，
每个地方取走我的一片爱，
每束光线烧尽我的一只眼，
每道阴影里我的衣袍都碎裂。

旅途已尽,
我仍被困锁在每个远方里
可没有鸟穿越边界拯救我,
没有水汇入河口,
驱赶我向下看的脸,
驱赶我不愿漫游的睡眠……
我知道世界更近了,且它寂静。

世界背后将立着一棵树
有云做的叶子
和一顶蓝做的头冠。
在红日绸带做的树皮上
风切开我们的心
用露水冷却它。

世界背后将立着一棵树,
树梢间一颗果实,
载着一只金制的碗。
让我们向那边望,
当它在时间的秋天里
颠入上帝的手中!

[我仍惧怕]

我仍惧怕,用我呼吸的纱线束缚你
用梦的蓝色旗帜包裹你
在我晦暗城堡的雾霭大门前
点燃火炬,使你找到我……

我仍惧怕,把你从微光闪烁的日子中
从时间太阳河的金瀑中释放,
若月亮可怖的面容上
我的心白银般泛出泡沫

眼神向上,别看我!
旗帜降下,火炬燃尽,
月亮描绘它的轨道。
是你来拥抱我的时候了,神圣的疯狂!

无的证明

你知道吗,母亲,当经纬
无法命名地点,你的孩子
从世间晦暗的角落向你招手?
你停在道路纠缠之处,
你的心对所有他者留有余地。
我们够不长久,把功业扔到周围
并回望。但炉膛上的烟雾
让我们看不见火。

问吧:再没有火前来?垂线牵引向下,
不往天堂的方向,我们令
事物暴露,它蕴藏毁灭与
分散我们的力量。这都是无的
证明,亦无人需要。若你重新
燃起火,我们会显得面目难辨,
一张张染黑的脸,迎着你白色的脸。
哭吧!但别向我们招手。

被暂缓执行的时间

I

出航

陆地上升起烟雾。
小渔舍留存在眼中,
因为太阳就要下落,
在你走完十英里以前。

幽暗的水,千只眼,
扇动白浪花的睫,
为了注视你,宏大久长
三十天。

纵使船激烈浮沉
迈出不稳的一步,
你也要安静站在甲板上。

现在他们在桌边吃
熏制过的鱼;
然后男人会跪下

修补渔网,

但夜会以睡度过,

一或两个小时,

他们的手会变软,

无盐无油,

软得像他们掰开的

梦的面包。

夜的第一道波浪拍打海岸

第二道已经赶上你。

可若骤然望去,

你还能看见树,

执拗地举起手臂

——风已经折断其中一棵

——而你想:还要多久,

弯曲的木头经受风暴

还要多久?

陆地上再无可见之物。

你本应以一只手扎入沙洲

或以一头卷发钉住礁石。

海中巨兽向贝壳中吹气,在波浪的

脊背上滑翔,他们骑行,
用明亮的马刀把白昼斩成碎片,一道红迹
留在水中,睡眠把你放在那里,
在你时辰的残余上,
你的感官在消逝。

缆绳出了些问题,
有人呼唤你,你很高兴,
他们需要你。
最好的是
远航船只上的工作,
结绳,汲水,
封墙,看货。
最好的是奔劳,在傍晚
卧倒。最好的是在清晨
随第一道光苏醒,
朝不可动摇的天空站立
不理会无法逾越的水域
把船举上浪头,
迎向永在复现的太阳之岸。

告别英格兰

我几乎没有踏上你的土地，
寡言的国度，几乎未触碰一块石头，
我被你的天空举得如此之高，
被云雾与更辽远之物如此缭绕，
而当我抛出锚，
我已经离开你。

你以海的气息与橡树叶
阖上我的眼睛，
以我的泪水浇灌，
你让草叶饱足；
从我的梦中解脱，
太阳敢于接近，
可若你的白天开始，
一切又将消失。
一切在不言中。

灰色的大鸟振翅穿过街道
将我驱逐。
我曾来过这里吗?

我不想被看见。

我的眼睛睁开了。
海的气息与橡树叶呢?
在海的群蛇下面
我看见,我灵魂的国度
代替你屈服。

我从未踏上它的土地。

落下吧,心

落下吧,心,从时间的树上
落吧,你们这些叶,自冷却的枝丫上
它们曾拥抱太阳,
落吧,像泪水落出圆瞪的眼!

卷发仍竟日在风中飞舞
围绕土地之神晒棕的额头,
衣衫下的拳头
已按住开裂的伤口。

所以坚定些,若云温柔的背脊
再次向你弯下。
若伊米托斯山*再次为你填满蜂巢
别太当回事。

---

* 位于希腊雅典东南方的一座石灰岩山。

因为旱季的一根麦秆于农民而言不算什么,
一个夏天于我们伟大的世代而言亦如是。

你的心已经见证了什么?
在昨天和明天之间摇摆,
寂静又陌生,
而它跳动的
已是它脱离时间的坠落。

诉说晦暗

我如俄耳甫斯
在生命之弦上演奏死亡
在大地之美与你
执掌天空的眼目之美中
我只懂诉说晦暗。

别忘了,就连你,也突然
在那个清晨,当你的床铺
仍被露水沾湿而丁香
还睡在你的心畔,
见过黑暗的河水
流经你的身旁。

沉默的琴弦
绷紧在血的浪潮上,
我攥住你鸣响的心。
你的卷发曾幻化为

夜晚的影发，
幽暗的黑絮
雪般覆盖你的面容。

我并不属于你。
我们正同时哀叹。

但我如俄耳甫斯
在死亡之侧懂得生命
而你永远闭上的眼睛
让我变蓝。

巴黎

被织上夜的车轮
失落的人们沉睡
于下方隆隆的过道,
但我们所在之处,是光。

我们的臂弯中满是鲜花,
经年以来的含羞草;
金黄从一座座桥上
无声息地坠入河流。

光是冷的,
门前岩石更冷,
而喷泉中的杯盏
已倒空了一半。

若我们,因乡愁恍惚
直至头发飞散将如何,

停在此处并发问：若我们，
经受了美又将如何？

被抬上光的马车，
也醒来，我们失落，
于上方天才的街道，
但我们不在之处，是夜。

大宗货物

夏日的大宗货物装载完毕,
太阳舟在海港中泊留待行,
当鸥鸟在你身后俯冲唳鸣。
夏日的大宗货物装载完毕。

太阳舟在海港中泊留待行,
踏上船艏饰像的唇齿
亡灵的微笑毫不掩饰。
太阳舟在海港中泊留待行。

当鸥鸟在你身后俯冲唳鸣。
沉没的命令传自西方;
但你将睁眼溺毙于光,
当鸥鸟在你身后俯冲唳鸣。

轮舞

轮舞——爱时而停止
于眼睛的熄灭,
我们向它自己
已熄灭的眼睛里看。

火山口逸出的冷烟
呵我们的睫毛;
可怕的虚空
只屏住一次呼吸。

我们已看见死去的
眼睛且永不忘怀。
爱维持得最长久
却从未认出我们。

秋季演习

我不说：那已是昨天。口袋里装着
无价值的夏季钱币，我们又躺在
讥讽的糠秕上，在时间的秋季演习里。
向南的逃跑路线于我们无益，
于鸟儿也是。渔船和贡多拉
在傍晚经过，有时
一块盈满梦的大理石碎片击中我
脆弱之处，借由美，进入眼睛。

在报纸上我读到许多有关寒冷
及其后果的内容，读到愚者和死者
读到被放逐者、凶手与无数
浮冰，能让我愉快的却少有。
又为何要有？在中午来的乞丐面前，
我砰地关门，因为那才是宁静
你可以对此视若无睹，却不能
忽略雨中树叶的阴郁之死。

让我们去旅行！让我们去柏树下
去棕榈树下，甚或进入橙树林
以下跌的价格观看日落，
什么还能与它相比！让我们
忘记寄给昨日那没有答复的信！
时代创造奇迹。可它若以罪恶的叩击
对我们不公：我们不在家。
在心的地窖中，我无眠，发现自己
又在讥讽的糠秕上，在时间的秋季演习里。

被暂缓执行的时间

更艰难的日子即将到来。
面临撤销,被暂缓执行的时间
将在地平线上显现。
很快你得系好鞋
把狗驱回洼地上的农庄
因为鱼的内脏
已在风中冷却。
羽扇豆的光燃得微弱。
你的目光在雾中留痕:
面临撤销,被暂缓执行的时间
将在地平线上显现。

你的恋人在对面沉入沙中
它攀上她飘扬的发,
它坠入她的话语,
它命令她沉默,
它发现她有朽

每次拥抱后

她都甘于告别。

你别张望。

系好你的鞋。

驱回你的狗。

把鱼扔进海。

熄灭羽扇豆!

更艰难的日子即将到来。

II

三月里的星

播种还很遥远。显现的
是雨中的前沿地带与三月里的星。
宇宙依循光的范例,顺应
贫瘠思维的公式,那光
不触及雪。

雪之下也会有尘埃
而且,不曾瓦解的是,尘埃
往后的营养。哦,扬起的风!
犁又撬开黑暗。
白日要变得更长。

在长日里他们未经询问便把我们
播种在那些弯曲与笔直的线条里
星隐没。在田地上,
我们不加选择地繁盛或枯萎,
顺服于雨,最后也顺服于光。

在晨曦中

我们两人又把手放入火中,
你为久贮之夜的葡萄酒,
我为不识榨汁器的清晨泉。
大师的风箱正等候,我们信赖他。

鼓风机加入,如忧愁为他取暖。
他于拂晓前离去,他于你呼唤前归来,他老迈
如我们稀眉上的曙光。

他又在泪水的锅炉中烹铅,
那一杯为你——值得为贻误欢饮——
满是烟雾的碎片为我——它将被烈火清空。
我如此冲向你,把影子带给脆响。

此时犹豫的人受判决,
忘却仲裁的人受判决。
你不能亦不会了解他,

你从清凉的边缘饮
一如往昔,你饮,你保持清醒,
你的眉仍生长,他们仍凝视你!

我却已在爱中料及
这一刻,碎片为我
落入火焰,它将为我化铅,
它曾是铅。而铅弹后面站着
睁独眼,瞄得精准,瘦削的我,
派遣它迎接早晨。

木头与刨花

关于胡蜂我愿意沉默
因为它们容易辨认。
连进行中的革命
也不危险。
随喧嚣而至的死亡
向来是注定。

可面对蜉蝣和女人
你得留意,留意礼拜天的猎人,
化妆师,犹豫未决的人,好心人
不被轻蔑波及。

我们从森林中搬出枯柴与树干
太阳许久未向我们升起。
沉醉于流水线上的纸张
我再也认不出树枝
还有在深色墨水中发酵的苔藓

还有刻在树皮里的词语
真实而放肆。

纸页磨损,横幅标语
黑色的海报……信仰的机器
在白天在黑夜,在这些那些
星辰下震颤。可走进森林吧
只要它还是绿的,还有胆汁
只要它还是苦的,我就
甘愿写下最初的东西!

你们,力争保持清醒!

刨花飞舞的踪迹,由
胡蜂群追踪,而井边
竖起一度令我们
衰弱的诱惑,
那头发。

主题与变奏

这个夏天蜂蜜未至。
蜂后迁走了蜂群,
草莓奶油在日间腐坏,
采莓人提早回家。

一束光载着全部甘甜
进入睡眠。谁让他在时间前入睡?
蜂蜜与莓果?他没有遗憾,
一切都相宜。他什么都不缺。

他什么都不缺,只欠一点点,
为的是休息或直立。
洞穴和影子深深将他压弯
因为没有土地接纳他。
即便在山中他也不安全
——一名游击队员,被寰宇
交给它的死卫星,月亮。

他没有遗憾,一切都相宜,
什么于他不相宜?甲虫的
军团在他手中决斗,火灾
在他脸上积聚伤疤,泉水
在他眼前于它不在之处
化作奇美拉*。

蜂蜜与莓果?
若认出这气味,他早该追随它!
行走中梦游般的睡,
谁让他在时间前入睡?
一个生来衰老
必须提早进入黑暗的人。
一束光载着全部甘甜
经过他。

他向下木中吐出
带来干旱的诅咒,他叫喊

---

* 又译作客迈拉,古希腊神话中会喷火的怪兽,上半身像狮子,中间像山羊,尾巴如毒蛇。

并被人听见:
采莓人提早回家!
当树根抬起
呼啸着滑过他们身边
一副树之蛇蜕留住最后的菌盖。
草莓奶油在日间腐坏。

水桶在下方的村中空立
在院子里作鼓待敲。
太阳便击落
旋起死亡。

窗户合上,
蜂后迁走了蜂群,
无人阻止它们飞离。
旷野迎接它们,
蕨草里中空的树
第一个自由国度。
最后一个人类
受针蛰不刺痛。

这个夏天蜂蜜未至。

正午初至

椴树寂静地绿在旷阔的夏天里
遥遥离开诸城,凄暗发光的
白昼之月微微闪烁。已是正午,
光柱已在喷泉中涌动,
已在童话之鸟剥了皮的
翅膀碎片下升起,
因投石扭折的手
沉入正在苏醒的谷粒。

在德国的天空染黑大地之处,
它被斩首的天使为仇恨寻一座坟
并递给你心的碗。

满手痛苦在小丘上走失。

七年以后,
你又突然想起它,

大门前的井边，
别往里看得太深，
眼睛转向你。

七年以后，
在一间殓房里，
昨日的刽子手
饮尽金杯。
眼睛或让你沉落。

已是正午，在灰烬中
铁弯曲，在荆棘上
扬起旗，而在古老
梦境的岩石上仍然
锻造着鹰。

只有希望失明蹲在光里。

松开她的镣铐，带她
下山坡，用手
蒙住她的眼，别让
阴影灼伤她！

在德国的天空染黑大地之处,
云找寻词语,用沉默填满火山口,
在夏天于细雨中听见它以前。

无法言说的,轻声传遍大地:
已是正午。

所有日子

战争不再宣布,
反而在继续。闻所未闻的
成为日常。英雄
远离争斗。弱者
进入炮火射程。
日子的制服是忍耐,
心上潦倒的
希望之星是嘉奖。

它被授予
当战事不再发生,
当连珠的炮火哑默,
当敌人失去踪迹
而永恒军备的阴影
覆盖天空。

它被授予

为逃离旗帜，

为友人面前的勇敢，

为泄露有失体面的秘密

和对每一条

命令的轻蔑。

致一位指挥官

若那买卖以华发盲眼的
人民的荣誉为名义
再度开张,你将成为
一名杂役,效劳于
我们的国境,因为你懂得
如何以血封疆。
书籍扉页投下
你名字的影,它的行迹
诱使月桂生长。

就我们所理解:别在你眼前牺牲任何人
也别祈求上帝。(他可曾要求
分享你的战利品?他可曾
是你希望的党羽?)

有一件事你得明白:
只有你不再如许多前人,

试图用军刀斩开
不可分割的天空,
月桂才会抽出一片叶。
只有你带着无比的怀疑
自马鞍上抬起你的幸运,亲自
跃上,我才祝愿你得胜!

因为你当时并未赢得它,
你的幸运为你获胜;
纵然敌人的旗帜降下
武器倒落在你身上
而花园中的果实,
也另有人栽培。

你的幸运之路与不幸之路
于地平线交会之处
审判战争。
天色昏暗,士兵入睡之处
他们诅咒你,受你咒骂之处
审判死亡。

你将从山间

跌入山谷，随奔涌的流水
跌入深壑，落在丰饶的土壤上
跌入大地之种，再跌入黄金的矿藏，
跌入青铜之川，青铜锻造出
伟人的立像，跌入遗忘
渊深的疆界，距离几百万寻 *，
也跌入梦之矿井。
最后却跌入火。

月桂在那里向你递来一片叶。

---

* 寻，旧时的长度单位，即两臂伸直的长度。

讯息

天空留有尸温的前廊上行出太阳。
那里的不是不朽者,
而是堕亡者,我们听闻。

辉煌并未归于衰朽。我们的神灵,
历史,为我们预订了一座坟墓,
墓中没有复活。

III

桥

风把桥前的绸带吹得更紧

天空在横堤上
研碎它最深的蓝。
我们的影子在光中
来回变幻。

米拉波桥……滑铁卢桥……
这些名字如何能忍受
承载无名之辈?

受信仰无法承载的
迷失者触动
河里的鼓声苏醒。

所有桥都孤独,
声名于它们是危险

于我们也是，我们却误以为，
我们在肩头感受到了
星辰的脚步。
可在易逝者的落差上
没有梦为我们拱成穹顶。

不如奉岸的委托
生活，一桩又一桩
不如成日清醒，
让受命者割断绸带。
因为在雾中他触到了
太阳之剪，当它令他炫目，
下坠的雾将他笼罩。

夜间飞行

我们的田地是天空
在发动机的汗水中耕耘,
面对黑夜
动用梦境——

在髑髅地*与火刑垛上
在世界的屋顶下做梦,风
吹走它的瓦——而此刻是雨、雨、雨
在我们屋子里,磨坊里是
蝙蝠盲目的飞行。
谁住在那里?谁的手洁净?
谁在夜里发光,
幽灵向幽灵?

在钢之羽翼中藏匿,仪器

---

* 即"各各他",位于耶路撒冷城外,是耶稣被钉上十字架的地方。

审讯空间,计时钟与刻度表
审讯云之丛林,爱抚擦
我们心中被遗忘的语言:
短长长……耳朵对我们
索然,倾听并容忍
冰雹搅动它的鼓,一小时。

太阳与地球不落,
只如星体般漫游,难以辨认。

我们从一座港口升起
那里归来不作数
船货和渔获也不。
印度的香料与来自日本的丝绸
属于商贩
就像鱼属于网。

却可察觉一种气味
跑在彗星之前,
空气的组织,
被坠落的彗星撕碎。
称它为孤独者的状态,

惊奇在其中完满。

仅此而已。

自从我们容忍一个不治病也不育人的修会,
我们升天,修道院空了。
交易不是飞行员的活。他们
眼中有基地,膝头铺开
一个世界的地图,里面没什么可补充。

谁在下面生活?谁哭泣……
谁丢了房子的钥匙?
谁找不到自己的床,谁睡在
门槛上?早晨来临时,谁
胆敢指出一线黎明:你们看,我头上……
水重新紧抓磨坊的轮子时,
谁胆敢回忆黑夜?

诗篇 *

1

同我一起沉默吧,沉默如所有钟声!

在恐怖的胞衣中
害虫寻求新的营养。
耶稣受难日,一只手悬于穹苍
以供展示,它缺了两根手指
无法立誓,称一切,
一切不曾存在,什么都
不复存在。它潜入赤霞,
驱远新凶手
自由离去。

夜里在这片大地上

---

* 源自《圣经·旧约·诗篇》。

它钻入窗户,翻开亚麻布
让病人的私隐袒露,
营养丰富的溃疡,无尽的疼痛
适合每种口味。

屠夫们戴着手套,屏住
遭暴露者的呼吸,
门里的月亮跌向地面,
就让碎片搁着,还有把手……

一切都为最后的敷油礼准备。
(圣事无法完成。)

2

凡事皆如此虚空。
你去掀腾一座城
从此城的尘埃间升起
去接受一份公职
去伪装
以免曝光。

兑现那些承诺

在空中一面模糊的镜前,

在风里一扇紧闭的门前。

天国峭壁上的路无人踏足。

3

哦眼睛,在大地这日光仓房上焚化,

承载了所有眼睛的雨之负重,

而今被现时

悲剧的蜘蛛

纺完织尽……

4

往我缄默的洼地里

置入一个词

在两侧培植森林

让我的嘴

彻底躺在阴影中。

在玫瑰的阵雨中

不论我们在玫瑰的阵雨中转向何方，
夜晚都已被荆刺点亮，花丛中
曾如此悄寂的叶片，它的雷鸣
现正紧随我们的脚步。

盐与面包

风现在先送去了铁轨
我们将乘坐慢车追随
在这些岛屿上居住
凭信任换取信任。

我在最年长的朋友手中
辞去我的职务,自我渐少逗留
如今雨人管理我阴暗的房子
补实我在账本上
画下的线。

你,身穿热病般苍白的法衣,
追赶被放逐的人,从
仙人掌的肉里拔出一根刺
——无能的标志
我们任由摆布地向它屈服。

我们知道,

我们仍是大陆的囚徒
再次沦陷于它的欺侮，
而真理的浪潮
不会渐少。

就沉睡在岩石中
微微发光的头颅，
爪子悬在爪子里
在黑暗的岩脉里，愈合的
是火山之紫上的烙痕。

一场场巨大的光风暴
无一抵达生命。

那么大海溢过我们时
我采了盐，
而后返回
而后把它铺在门槛上
而后走进屋。

我们和雨分享一个面包，
一个面包，一份债务与一间房。

维也纳附近的重要风景

平原的幽灵,高涨河流的幽灵,
被唤至我们的尽头,别在城前停留!
你们也得带上,被红酒悬于
易碎边缘之物,将渴求出路者
引向一条涓流,把荒原打开!

一棵树裸露的关节在那边枯萎,
跃入一只飞轮,钻塔从田地中
打出春天,雕像森林远离
被抛弃的绿之残像,石油的
伊里斯*在土地的井上醒来。

原因何为?我们不再上演舞蹈。
漫长的停顿过后:不和谐音亮起,隐约如歌。
(我再也感觉不到它们在我脸颊上的呼吸!)

---

* 古希腊神话中的彩虹女神。

齿轮寂静立着。摩天轮穿过灰尘与云糠
拖曳遮蔽我们爱情的风衣。

没有地方像这里，在最初的吻落下前
就给予最后的吻。这关系到，与口中的余音
共同继续前进与沉默。鹤在平坦水体的
芦苇丛中让弧线圆满之处
比波浪更响亮，时辰在芦管中敲它。

亚细亚的呼吸在彼岸。

秧苗有节奏的上升，成熟的农作物
覆灭前的收获，如果它们得到证实，那我
知道还有什么要对风说。在斜坡后面
更柔和的水暗淡了眼，它还想
用醉酒的界墙之感侵袭我；
我在罗马人石碑下的白杨旁
探向多民族哀悼的舞台，
探向微笑中的是与微笑中的否。

所有的生命在积木中迁移，
人们卫生地缓解新苦楚，林荫路上

栗子花无味地开放，蜡烛的烟
不再耗费空气，头发在护墙上
在公园里如此孤寂地飘扬，球
在水中沉下，经过孩子的手
沉至水底，死眼睛
遇上蓝眼睛，它的前身。

无信仰的奇迹数不胜数。
一颗心坚持要做一颗心？
梦见你纯洁，举手发誓
梦见征服你的性器，梦见
却抗拒异议中神秘的背离。
数字和分析成功地
用另一只手为你祛魅。
分开你的，是你。流泻吧
再有知觉地回来，以新的离别形式。

太阳先于飓风飞向西方，
两千年过去了，什么都没给我们留下。
风掀起巴洛克式的彩带，
小天使的脸庞坠下楼梯，
棱堡倒在暮色降临的院子里，

五斗柜中跌出面具与花环……

只在正午光芒照耀的广场上,带着
柱脚上的锁链,趋向最易逝的时刻
沉溺于美,我起誓脱离
时间,前来众幽灵中的一个。

河畔马利亚*——
中殿是空的,岩石是盲的,
得救的没有,受挫的众多
石油不愿燃,我们把它
全喝下——何处留下
你永恒的光?

鱼儿也如此死去,拥向
等待着我们的黢黑大海。
我们却早已汇合,被其他洋流的
旋涡攫住,那里的世界未归,
欢愉很少。
平原的塔楼追颂我们,

---

* 指河畔圣母教堂,维也纳一座古老的哥特式教堂。

我们听任摆布地来,跌在
忧愁的阶梯上,越跌越低
带着适合坠落的敏锐听觉。

梅什金公爵于芭蕾哑剧《白痴》*中的一段独白

剧中人物——帕尔芬·罗戈任、纳斯塔霞·菲利波夫娜、托茨基、加尼亚·伊沃尔金、叶潘钦将军及阿格拉娅·叶潘钦——踏着木偶般的步伐上台。芭蕾哑剧演至入场曲最后一幕,梅什金公爵进入舞台中央。他在没有音乐的情况下说完了整段独白。

我拥有词语,我从
悲哀的手中取得它,
不值得,因为我怎能
比他人中的一个更值得——
就连一个承装从天而降,
潜入我们体内的那片云的容器
都可怕而陌生

---

* 改编自陀思妥耶夫斯基《白痴》的芭蕾哑剧,巴赫曼参与文本改编的新版本于一九六〇年登上舞台,音乐由汉斯·维尔纳·亨策创作。

部分的美是这样

这世界的每种卑劣也是这样。

（哦光明的痛苦，热病的

痛苦，与其他热病相近，

我们正直之疾的

共同疼痛的痛苦！）

让沉默的列车穿过我的心，

直到黑暗来临

而且，照亮我的东西

又被送回

归于黑暗。

的确，因为这种痛苦

在你们心中，你们才作为，

你们为生命所做的，

不为你们的生命，

你们为荣耀所做的，

与你们的荣耀无关。

在恶魔的大笑中燃烧

深不见底的，是这
思虑至我们边沿的
不幸生命的碗。
一只若碰到另一只，
它们并不发出清响
因为眼泪不受遏止，它们
无声息地坠下，从地面
到地面，而它们
消逝的终点，总是
拒绝我们的聆听。
哦，爱的缄默！

此时，他牵起每个他喊到名字的人的手。

帕尔芬·罗戈任，商人的儿子，
对百万一无所知。
在冬夜里他的马车
停在世间可买到的街道前
而无法驶过。
他把钱倒在雪里，
因为雪是分量

你的脸颊,纳斯塔霞·菲利波夫娜,
你的名字是一道危险的曲线
他们说,你在雪边的每张口中
为你的脸颊收取分量
说你的发间住着风,
(我不说:它们喜怒无常)
你的眼是条山谷小路,
他们的马车在路上翻倒,
计算它们的是雪,从雪那里
你为你的脸颊
获取分量。

托茨基——这也许说得太过分。
在去休息之前:一个孩童时刻
手臂里是过去,而现在
是目光的时刻,嘴唇的
时刻已经来到了你们二人的头顶。

加尼亚·伊沃尔金,如果一根带子
在所有人之间编织,
你的手将成为
绷紧的结,

因为你微笑得不够灿烂。
你为自己索取得太多
又对自己要求得太少。
只有一种欲望束缚你：
在你亲自毙命于轮下以前，
看马车翻倒，
里面驾驶的是别人，

叶潘钦将军——这些不是，
指引我们接近我们躲避之人的巧合。
我们如何在孩子之间滑脱，
便如何跟着不受担保的愿望滑倒，
停在陌生的门前成了看守，
我们自己鲜少有守护它的能力。

可滑脱的是什么？一个
不求宽恕的青年的
白色、冷却的梦？

那就是完美？美
呈现如此形态，让我们
满足于它的谜团？阿格拉娅，

我不会在你身上看到任何东西
除了我无法踏足的
一个世界的讯息,
一个我无法遵循的承诺,
和一份我无法维护的资产。

他转过身,面朝观众站着。

在光辉中觉醒
被行星诱惑,
它要求我们表达
我向无垠的音乐中
看缄默的移动。

此时,他的话语沁入牵线木偶般僵硬的舞蹈。

我们的步伐只是少许
稀薄乐音清晰的敲击
乐音抵达我们。

梅什金也加入了这支意在表现每个人的孤独的舞蹈。

营造出一种马戏团竞技场气氛的室内。纳斯塔霞把托茨基、加尼亚和将军缚在白色的带子上，在一段悲剧性的、大胆的、危险的舞蹈中细致地体现出她之于这三个男人的权力。接着罗戈任出现了，纳斯塔霞旋转着从三个男人身边经过。她的服装一块块从身上掉下来，最后她只穿着一件白色针织衫，站在一颗金球下面。她向球举起一只手，把另一只手递给站在一侧等着的罗戈任。此时此刻，梅什金向她走来。

停下！我向你发誓，
唯一之爱的脸庞，
保持明亮，用睫毛
把眼睛击向世界，保持美丽，
唯一之爱的脸庞，
从怀疑的闪电中
抬起你的额头。
你的吻会让怀疑裂解，
在睡眠中使你扭曲，
若你往镜子里看，
在镜中你属于每一个人！

梅什金把纳斯塔霞领到舞台前,与她一起爬上一个从梁格结构上放下来的吊架。两人慢慢飘入高空时,响起的只有几小节非常轻柔的音乐。

真实些吧,把雪归还岁月,
亲自接受分量,让雪片
只大致掠过你身边。

这也是世界:
一颗早星,我们是
居于星上的孩童;分散在井边
是时刻的内容与雨水
是欢愉时光的储备。
这也已是灵魂,一场贫乏、
欢乐的游戏的单调,风中
秋千与地上地下的笑靥;
这是目标,我们不要
为自己着魔
耽误每一个目标;
而这也是音乐,
有着愚蠢的声调,
一再重复,

为一支向我们承诺了
一种未来的歌谣伴唱。

别落入管弦乐队的喧哗,
世界在其中错奏。
若你现在交出你的琴弓
用你的肉身说一门
易逝的语言,你会跌倒。

纳斯塔霞却从吊架上滑入梅什金的臂弯。

在一具巨大的红色圣像前摆着一把梯子,梅什金坐在上面。罗戈任背靠在一张木板床上,越来越兴奋地听着梅什金的描述,紧张地观察着梅什金慢慢地从梯子上爬下来。

在我的每个瞬间中,我都列入
一个陌生瞬间,一个人类的瞬间,
我时刻将他隐蔽于心,
他的面目在这时刻中,
我永不忘怀,这一生都不会。

(并非在傍晚从内部成熟的脸!)
被地牢一夜的白霜覆盖
霜冻之青,向早晨吹拂,
与一度向天空张开的
眼睛上的栅栏。

睡眠离开囚犯,穿过肢体的冰冷走廊。
警卫的脚步在他胸口回响。
一把钥匙解开他的叹息。

因为他不说话,
因为没人理解他,
人们给他送来肉和酒
予他仁爱。

但他,沉浸在
更衣的仪式中,
不理解善行,
也不理解
发自傲慢的吩咐。

一次漫长生命确实开始了,

当门敞开,一直开着

当道路汇入

道路,全体民众

声音的参差将他抬下

带至血海之滨,

整个世界的

罪恶法庭

为血海

奉上死刑。

但现在我们与判决有了

一个共同点,判决上也写了,这个男人

有一张完全真实的脸庞,向着那

一种真理,在他把头

仔细地放在木板上以前

(尽管他脸色

苍白,一动不动,

他可能在动的念头

也许毫无意义,他只是

在看刽子手外套上

生锈的纽扣。)

我们与受审者也有
一个共同点,因为他能够使我们坚信,
我们准备好的谋杀
和即将为我们准备好的谋杀
先行于真理。
我面前站着一个人,
我站在一个人面前
他带着所有向着这个真理的可能性
带着向它而生
向我们而死的勇气。

但在我的必死之中
我什么都无法传授
即便我可以,那也
只在我诉说的那瞬间,
而在那瞬间
我可能已无话可说。

此时罗戈任跳起来,把叙述接近尾声时已经来到梁状结构最低处的梅什金甩到地上。非常轻柔的音乐再度响起。换装后的罗戈任朝梅什金走去,挽起他,把他抱在怀里。他们交换十字架。

空旷漆黑的舞台上搭起一栋宫殿似的房子，它的白色轮廓极其纤细。一根同样是白色的芭蕾舞把杆从房子中穿过，身着一条上佳白色芭蕾舞裙的阿格拉娅站在旁边。梅什金在舞台前方，面对观众，朗诵普希金《穷骑士之谣》的变体，一次都没有转过头看阿格拉娅；而每次诗章被音乐——重复乐段——打断的时候，阿格拉娅都在芭蕾舞把杆上完成一段水晶般明澈的芭蕾练习。这一幕始于音乐。

我为一个人担保，

他很久以前就活在这个世界上

人们觉得他特别，一名骑士，

可如今我怎么称呼他，

因为生活贫苦，

不住在城堡里便不算功勋？

他漫不经心地在日子里穿衣，

直到一个日子在他肩头

添上滚边，一束光

载送他，在光周围

耻辱不被容忍

忍耐有限的平静亦不。

谴责战争的人被选中,
在这光中作战。
他们把谷粒播撒在
世界的死田野上,
他们在火线里
躺了一个夏天,
他们为我们捆绑禾束
在风中飘落。

阿格拉娅重复她重复乐段第一段的变奏部分。

在准备期间我避开了城市
危险地生活,人们出于爱才这么做。

后来我被困在一次社交晚会上
听说有一场处决。我便再次缺席。

我从一阵雷雨手中感受到我的第一次死亡
而我想:世界如此明亮,如此惊惶,

在我使草地阴暗的地方,风把土

铲到一个十字架上,让我面朝下躺着!

蓝色的石头向我飞来,把我从死中唤醒。
引来它们的是一张残碎星辰的脸。

阿格拉娅重复她重复乐段第一段的变奏部分。

被骑士兄弟会逐出,
从谣曲中被除名,
我走上一条穿越现在的路,
行向地平线,碎裂的
太阳躺在尘土中,
影子游戏
在天空异乎寻常的墙上
攥住变化,想象
一种由我童年祈祷的
古旧信仰编成的织物。

即便花环断裂,
珍珠弹落,圣母
蓝色衣褶中的吻,
在那么多夜晚的狂喜后

变得乏味,光芒

初次呼吸时便熄灭在壁龛中

我还是走出了不信神者的

黑血,走进我自己的血,

聆听轻视

我们牺牲的

一段历史之终曲。

阿格拉娅重复她重复乐段第一段的变奏部分。

我渴望一种

恭迎疯狂的虚弱,接引

我的道路,剥夺我的自由。

顺应吸附,我的肉体

提早躲过我举起的,

为了切割它的刀。随着

它攥紧的气息,它打算下降,

用我将要归还的呼吸

证明,我的嘴

不曾对我的生命发问

还有,在什么情况下

我们不得不
为创造做见证。

这一幕随重复乐段的第二段奏完而告终,阿格拉娅停在最高处,保留着最后的姿势。

我们看到一条疗养步道,背景中有座供管弦乐队使用的小亭阁。一群鸟儿——圣彼得堡的显贵阶层——聚集在这里。帷幕拉开时,小型乐队的指挥高高举起指挥棒。鸟群一动不动地站着。每个人都保持着各自的姿势,于是这一幕给人留下了彩色印刷品的印象。梅什金站在前景中,他在这个环境中感觉非常陌生。

那些飞得轻松的人,我不会
羡慕,触碰过
许多场所的鸟群
就算在最迅速的飞翔中
也充满了烦倦。

梅什金离开。小乐队的指挥随音乐移动指挥棒,发愣的鸟群消失在一条"疗养步道"上。音乐结束时,所有人都转向指挥并鼓掌。舞蹈快结束时,梅什金和阿格拉娅出现了。他们参与到喧闹中,然后向舞台前方走去。梅什金向阿格拉娅求婚。

在我到来之处,我在石头底下发现了自己,
与她一样头发花白,对信赖有成见。

我确信,你的脸也如此
苍老地下落,躺在我身旁
在冰白的瀑布下,
在我先支起的床下
在我眼前
堕落的纯洁下
我将躺入我的死亡。

梅什金和阿格拉娅离开。傍晚来临。几盏灯笼亮了起来,乐队停止演奏,人们成双成对地聚在一起,离开舞台。蓝色的活动布景从上方降下,舞台上漫溢着一种清澈的蓝。然后,阿格拉娅在白衣舞者的带领下飞舞入场,她想象中的梅什金身着白色戏服,出现在她眼前。但纳斯塔霞的幻影横亘在这对恋人中间,把他们分开。蓝色的布景被抬走了。阿格拉娅独自在被夜色笼罩的花园中,不抱幻想地环顾四周,哭着一屁股坐到长椅上。梅什金的真身出现了,跪在她面前。

我为放弃凝聚了信心。
你哭泣,因为我重视你甚于自己的心愿?
你选择了一种短暂的宿命:我的时间,
而我想毁坏所有的梦,你带着它
入睡,探摸世界。

对你我不言安慰。
若山的运动发生,
我们将躺在一起,
带着石头之感,无衰老迹象,
在夜之畏惧的地面上
在一场大纷争的伊始。

月亮只受一次损。
在我们心的枝丫间
落下了更孤独的
爱情的光。
世界多寒冷

影子多迅疾

躺在我们的根基上!

阿格拉娅不解地听着梅什金的话;她的期待落了空,她跳起来,留下梅什金吃惊地站在原地。鸟儿飞回被夜色笼罩的花园,这次,它们是为了纳斯塔霞·菲利波夫娜才聚集在一起的,她迷人的美貌,富有挑战性的舞姿让一切屏息静气。然后,两个女子面对面站着。纳斯塔霞辱骂阿格拉娅,又遭阿格拉娅的一个同伴辱骂。梅什金离开了,惊起的鸟儿纷纷逃离。光线照在舞台前方,布景被撤走;舞台上只剩下一张被黑布遮盖,两侧有梯子的戏台,阿格拉娅和纳斯塔霞与身穿黑衣的同伴在变奏中舞蹈,仿佛她们在以无形的花剑姿势进行生死搏斗。梅什金返回的时候,两个女子各登上一把梯子,向他示意,她们期待他的解释。阿格拉娅看出梅什金的犹豫,飞身跃下戏台,被她的同伴接走了。梅什金还没来得及跟上她,纳斯塔霞就倒在了他面前,像是没了生气。他抱起她,把她拥入怀中。

手持枝形烛台的人站在空旷的舞台上,身穿黑色戏服,背对着观众,梅什金则向着观众说话。

我用一个借来的词语

前来，而非用火

对一切都应尽责，上帝啊！

十字架已被交换，

而其中一个未被戴上。

我软弱地赞美

你审判的严厉，我已在

思考赦免，在你赐予之前。

在我心中涌现恐惧

在我面前抛出光明之处，我发现

骇人之物和我应尽的责任

——对一切，对罪行

这晚我还必须戴罪

进入你的夜晚，

我不愿将无可救药的知识

出卖给我的良知。

你去成为爱吧，我只是

在低烧中从你心里浮现

在众发烧者中变得

衰弱。认清了你的盲目,
在它面前,黑暗中的我们是一体,
我承认,我应为一切
负责,因为,自从你
不再看我们,你指望一个词。

一条红地毯被铺开。梅什金转过身,他现在也背对着观众。纳斯塔霞出现了,试着靠近站在舞台前方的梅什金,但罗戈任几次跳入两人中间,手里拿着一把刀。黑色的人影当场跳起了与之相称的波列罗舞。最后,罗戈任抓住纳斯塔霞,背对着观众把她抱离舞台。黑色的人影也离开了。圣像从梁格结构上降下来。梅什金麻木地站在它前面。

向我敞开!
所有的门都闭着,现在是黑夜,
要说的还没有说。
向我敞开!
空气中满是腐朽,我的嘴
仍未亲吻蓝色的衣袍。
向我敞开!
我已在你手心的线条读到,我的灵魂

触碰我的额头,欲接我回家。
向我敞开!

最后,罗戈任走了出来,梅什金迎面向他走去。

秘密是我明天说话的嘴。今晚我
与你相守,不会背叛你。

罗戈任小心地把梅什金带到圣像后面。舞台彻底变暗了,在黑暗中,梅什金说出两首三行诗。

寂静的绳索上悬挂着钟声
摇来了睡眠
那就睡吧,它摇来了睡眠。

寂静的绳索上降临了钟声
它来休息,这或许是死,
那就来吧,这一定是休息。

舞台稍微明亮了些。庄严结尾的乐声响起,白色的绳索从梁格结构上降下。梅什金肖然不动,随着越来越多的绳子降下,舞者出现了,他们以克制、肃穆的舞姿表现出疯狂的爆发。

编舞：塔季扬娜·格索夫斯基
作曲：汉斯·维尔纳·亨策

大熊座的呼唤

游戏结束了

我亲爱的弟弟,我们何时造一叶浮舟
自天国顺流直下?
我亲爱的弟弟,不久这货物就太沉
我们将溺毙。

我亲爱的弟弟,我们在纸上描绘
诸多国土与铁轨。
留心些,在这里的黑色线路前
你会被地雷远远炸飞。

我亲爱的弟弟,然后我要
被缚在耻辱柱上大喊。
但你从死亡之谷驾马而来,
我们双双逃出生天。

在茨冈人的宿营地与沙漠帐篷中醒来,
沙粒从我们的发间涌出,

你我的岁数与世界的岁数
不可用年月来计量。

你别被狡诈的乌鸦,黏糊糊的蜘蛛腿
和灌木中的羽毛欺骗,
也别在极乐乡中饮食,
锅盆与罐头里虚假地冒着泡。

只有在石榴石女仙的黄金桥梁上
知道密语的人,才能获胜。
我得告诉你,它已随最后的雪
消融在花园中。

这么多,这么多石块让我们的双脚如此生疼。
有一块能止痛。我们要带着它跳跃,
直到那幼童国王,口中噙着王国的钥匙,
把我们接去,我们将要歌唱:

这时光多美好,枣椰核抽了芽!
每一个下坠的,都拥有翅膀。
红色的顶针为穷人的裹尸布镶边,
你的心肝儿落在我的火漆上。

我们得睡了,最亲爱的,游戏结束了。

踮起趾尖。白色的衬衫鼓起。

父亲和母亲说,屋子里在闹鬼,

当我们交换鼻息。

关于一片土地,一条河流与那些湖泊

1

从一个打算学习畏惧
离开了土地、河流和湖泊的人那里
我数足迹和呼吸的云雾,
因为,如上帝所愿,风会把它们吹走!

数数停停——它们会和许多人相像。
命运相似,苦旅相仿。
但他获悉,在羔羊吃草处,
已经站着有恒星目光的狼群。

他感觉他的波浪得到描画,
在它卷走他,伤害他以前;
它在湖中跃起,它晃动摇篮,
他的星象透过纱帐向内望。

他摇晃踩踏空心的坚果，
他向胡蜂推荐更尖锐的音符
而周日对他来说不只是钟鸣之甜——
周日是他遗失的每一天。

他从软化的铁轨上拽出推车
不受轻松的轮滑道路引诱
在从水面传递到湖泊的
呼喊中，初次塌方令他悸动。

他在疑窦中逃入黑夜之时
七块石头却变作七个面包；
他潜入香气，抛撒面包屑
为身后的迷失者引路。

你要记得！如今无论在何方你都明白：
忠诚的人在晨曦中被引领回家。
哦推迟的时间，留给我们的时间！
我所遗忘的，辉煌地触动了我。

2

喷泉在晨曦中移入中央,
牧师,每日的颂祷,周日国度,
冰冷的烟斗和漆黑的帽子,
最高委员会面前的身躯、荣耀与财富。

河流无所事事,柳树沐浴,
毛蕊花的光一直耀入屋内,
盛宴已经铺开,
所有格言都为了一句阿门。

那些午后,明亮而非凡——
针在长筒袜里跳跃,食茧被扯碎,
马的挽具由人擦洗,
直到一副哐当响,法拉达*与它出游。

老人躺在沉闷的寝室里
怀抱遗嘱,睡第二次觉,

---

* 格林童话《牧鹅姑娘》中的马,能通人言。因为害怕身份暴露,假扮公主的侍女将其杀死。后来它的头还被屠夫挂在城墙上,日日与路过的真公主对话。

他们的儿子无言地生下儿子
与少女,上帝化雨和她们相逢。

受哺育的唇和受哺育的眼——
毛虫悬在神龛中化蛹,
粪便味与蝇卵一同升起
在暮色初降时穿过窗户。

黄昏时声音在栅栏边积聚,
短裤与玫瑰被响亮地掰碎,
猫儿从梦境中惊醒,
风挪开红色的紧身胸衣。

辫子,成双的影,
在雾中松开,近处的山丘上
转动着荒瘠的月亮,占据了田野
征用土地的一夜作薪饷。

3

丘陵上留有一座城堡,
山庇护它,令岩石拱卫它,

在它彻底坍塌前，派出拥有
利爪漆印，国王纹章的猛禽。

三个死者藏在壁垒后面；
一个的头发还从瞭望塔上飘飞
一个据说会投掷石头，
一个据说有两个脑袋。

纵火的人，他们三人命令他，
谋杀的人，一头黑发缠身，
拾石头的人，自己也会死，
就在今夜，在乌鸫歌唱以前。

城垛上未着鞋履的幽灵，
地牢中未加铠装的尸首，
宾客簿里的访客之名——
他们唤我们前来，黑夜荫蔽他们。

他们展开大地平面图，隐瞒目的地；
他们把时间录作冰河时代，
冰碛上的碎石小径，
通往杂砂岩和白垩岩的道路。

他们赞美龙纹与堡垒,
被早期世界飘舞的褶裥包围,
在那里上是下,下是上。
浮冰仍在蓝色的罅隙上舞蹈。

夜晚引我们进入冲积平原。它又将我们冲刷回
寒冷新时代的地窖区域。
就在洞穴图景中找寻人类的梦!
雪鹑之羽插在你的衣衫上。

   4

昔日我们裹着其他衣裳行走,
你穿狐裘衣,我着雪貂裙;
再以前我们是延命菊,
被掩埋在西藏深谷的雪中。

我们在水晶中站立,无光无时间
在第一个小时内融尽,
众生的阵雨将我们撞倒,
我们绽开,由第一感授粉。

我们在奇迹中漫游,我们脱下
旧衣,换上新衣。
我们从每块新土壤中汲取力量
永不再屏住呼吸。

我们轻如鸟,重如树,
勇敢如海豚,宁静如鸟蛋。
我们是死的,是活的,时而是生灵
时而是物件。(我们永不自由!)

我们无力自守,我们进入
每一具充满喜悦的身体。
(我不告诉任何人,你对我意味着什么——
温柔的鸽子之于一块粗糙的石头!)

你爱过我。我爱过你的面纱,
轻薄的料子,绕着织物翻飞,
我不以为意地在夜里拥抱你。
(但愿你还爱!我却不想见你!)

我们来到有其泉水的土地。
我们找到公文。整片土地

如此无垠,如此可爱,都属于我们。
它在你的贝壳手中有了位置。

   5

谁知道,他们何时为土地划定边界
在松木周围立起铁丝网?
山涧踩熄引信
狐狸把炸药推出洞穴。

谁知道,他们在山脊与峰巅寻找什么?
一个词?我们把它好好地保存于口中;
它在两种语言里倾吐更动人的心声
即使我们哑默,它依然成双。

他方的横木在隘口降下;
此处交换一声问候,分享一块面包。
为使边界愈合,每个人都捎来
满手天空与满巾大地。

即便在巴别[*]万物纷乱,
他们拉扯你的舌,扭弯我的——
穿越犹地亚[†]的幽灵也说出
愚弄我们的送气音和唇音。

自从名字将我们晃入事物,
我们发出信号,我们收到信号,
雪不只是来自高处的洁白货物,
雪也是陡然降临的寂静。

必须在每次分离中察觉,没有什么使我们分离;
他在同样的空气里感受同样的切割。
只有绿色的边界和空气的边界
在夜风的每一步之下结疤。

可是我们想谈论边界,
还想借助每个词穿越边界:
我们会因乡愁将它跨过

---

* 《圣经·旧约》中将巴比伦称为巴别(Babel),这个名字来源于希伯来语动词"变乱"(bilbél)。

† 阿拉米语中"犹太人的土地",古黎凡特地区南部山区地带,包括今以色列南部及约旦西南部。

然后与每个地方相互调谐。

6

屠宰日携明亮的刀旋临近,
晨风磨利暗淡的刃口,
微风中走出男人浆过的
围裙,他们在牲畜旁聚拢。

绳索被拉得更紧
口中泛沫,舌头浮泳;
邻居提供盐和胡椒籽,
祭品的重量得到确认。

这里的死者想被称得更轻,
因为不缺血的生者
——在天平上自卫的何止生命!——
在这里敲定指针无法计数的轻重。

因此得避开上唇发烫的狗
还有卑鄙的人,他用生血
灌满自己,直至阴影将它转化为

漆黑一摊的无主财物。

其后一场大咯血：脸颊上的污渍——
最初的耻辱，因为痛苦与罪孽存在
而动物被掏空的内脏
逐渐变作最初未来的标志；

因为香甜的肉和盈满骨髓的骨头
在你呼吸前行之处欠缺一丝气息。
搁置的绕线杆旁的祖先之裙
陡然间覆上了蜘蛛网。

眼睛掠过。岁月沉落。
年轻的眉感受白色的笔。
骨骼从草场上升起，
刻着枯萎花朵字母的十字架。

7

为了庆典所有灵魂都被涤净，
舞会前木地板得到碱洗，
孩子虔诚地向水中呵气，

麦秆上呈现美丽的肥皂光泽。

面具行伍绕一排房屋转弯,
稻草人在麦墙畔踉跄,
骑士疾驰过花簇,
音乐迁入夏日国境。

口弦向笛声泣诉。
黑夜的斧落在朽败的光里。
残废奉上驼背供触摸。
白痴发现了他的梦脸。

柴垛燃烧:他取来伟业和白昼
在起始前,在新月前;
种子与火花走向星星,
它们得知什么在天空中有价值。

枪声飞越列列冷杉。
总有一枪落下,在肉体中渐隐。
一枪留在原地,在针叶里草草掩埋
黑森林中的苔藓让它喑哑。

忧伤的宪兵拥向终舞。
脚踏出一条狂野的韵律,
被涌动的刺柏变了调
醉汉失落地往家中晃。

彩带在黑暗中久久扑打
纸张阴森地飘过屋顶。
风清理荒废的摊位
随后为做梦人运去糖心。

8

(难道不都是我杜撰的,这些湖泊
还有这条河流!还有谁知道那座山?
有谁迈着巨人的步伐越过一片土地,
有谁信赖善良的侏儒?

方位呢?还有回归线?
你还发问?乘上你最灼热的马车,
巡视这颗地球,噙着泪水
沿世界滚动!你绝不会抵达那里。

什么呼唤我们,让发丝根根竖立?
颠茄在发热的耳朵边颤动。
血管喧嚣,被寂静填满。
丧钟在大门上摆荡。

乡村的盲窗,那帮羔羊,
疮痂和遗患与我们何干?
口和眼力求不动声色。
我们分到持久的形象。

马和棕色的云,云狼与磷火
乖顺的号角声于我们何用!
我们向其他目的地升起,
其他障碍把我们绊倒。

月亮与我们何干,群星与额头
暗灭又耀亮的我们又何干!
所有国土中至美者覆灭时
是我们将它化作梦境引入心中。

法律在何处,秩序在何处,何处会出现
我们完全可理解的叶子、树木和石头?

它们在美丽的语言中出席,
在纯粹的存在中……)

 9

有山楂眼睛的弟弟走来,
胸口挂树篱,粘着粘鸟胶;
乌鸫飞跌在他的枝条上
与他一起赶牛群回厩。

它将在他的金发间筑巢,
当他于厩棚的秸秆中扑倒,
呼吸牲畜的浊气,察视影之笼头
搜一匹黑马作驮鞍。

它将把喙浸进玫瑰油,
往他眼里滴入玫瑰之光。
夜晚升入它膨起的羽翼
在至福的扬弃中将它托起。

"哦姐姐唱吧,唱些遥远的日子!"
"我马上唱,马上,到一个更美的地方。"

"哦唱吧,用歌谣编织地毯
今天就和我一起乘上它飞走!

和我一起歇息,停在蜜蜂款待我们的地方,
戴天使之冠的俊丽天人拜访我……"
"我马上唱——可钟塔里开始嗡嗡响,
睡吧!鸮鸟逃逸的时刻*到了。"

南瓜灯转一圈,
仆从跃起,手中握鞭,
他盯紧蜡烛,让乌鸫讶异
在最后一片牧地的尽头。

镰刀以狂野的翼翅搏杀,
餐叉在门前扎刺扑翅者。
可在它们的呼喊唤醒沉睡者以前
玫瑰之初盛惊动了他的心。

---

* 北德方言,指薄暮时分。

10

在深湖与蜻蜓的土地上,
嘴精疲力竭地贴紧基岩,
有人呼唤最初光明的魂灵,
在他永远离开这片土地前。

他在泡沫草*中为疼痛的眼睛浴疗;
他冷漠醒觉地看着见过的东西。
令人所向披靡之物归他所有:
宽广的心和口琴。

这是苹果酒的时刻,也是燕子的;
桶孔为酒桶印上凹痕。
现在谁饮,便为黑鸟行列所饮,
每一种遥远都让他的心狂乱。

他关闭铁匠铺、磨坊和小教堂,
他走过玉米田,打落苞米棒,
粟米粒绽出金色的火花,

---

* 即碎米荠。

滋养他的东西却已熄灭。

临别之际,手足们为
沉默与信赖的联盟起誓。
头发上的牛蒡花环被扯掉
没人敢从地面扬起视线。

鸟巢自枝头跌落,
火绒燃烧,光焰在叶中翻掘。
为了逾年的盗蜜
天使向蓝色的蜂箱寻仇。

哦天使之静穆,若在行走间丝线
被抛入所有的气流!
纵有万般自由,也不会松开手,
它在走进迷宫前俘获一个人。

大熊座的呼唤

大熊座,坠下吧,蓬乱的夜,
有垂老眼眸的云毛兽,
星之眼眸,
荧荧微光刺破灌木
你带利爪的拳头
星之利爪,
我们警醒地观守兽群
却被你诱惑,猜疑
你疲倦的侧腹和尖利的
半露出的齿,
老熊。

一枚杉果:你们的世界。
你们:上面的鳞片。
我推它,翻它
从最初的杉林
至最后的杉林,

对它们冷哼,入口检验
又以掌攥紧。

你们惊惧或无惧!
往系铃小袋中缴钱,赠
盲眼的人一句良言,
让他把熊系在绳上。
好好给羔羊调味。

有可能,这头熊
就要挣脱,不再迫近
去逐杉林间坠下的
所有杉果,它们硕大、有翼
跌落自天国。

我的飞鸟

无论发生什么:遭蹂躏的世界
都将沉回暮色,
森林为它备好了安眠之饮
而在看守离开的塔楼上
仓鸮的眼睛安静平稳地俯瞰。

无论发生什么:你了解你的时间,
我的飞鸟,戴上你的面纱
穿过迷雾飞向我。

我们在恶棍居住的霾界中相视。
你回应我的暗示,冲出
旋转你的翎羽与毛皮——

我冰灰的肩头伙伴,我的武器,
插着那根羽毛,我唯一的武器!
我唯一的装饰:你的面纱和羽毛。

即便在树下的针叶舞中
我的皮肤烧灼
齐腰的灌木
以香气馥郁的叶片诱惑我,
我的卷发烁动、
摇曳,渴念潮湿时
星辰向我坠下的碎屑
竟依然准确地落在发上。

烟雾为我笼上头盔时
我又想起发生了什么。
我的飞鸟,我黑夜的支援,
在夜里被点燃时,
我于绵延幽暗中噼啪作响,
我从体内打出火花。

若我仍像现在这样被点燃
并受火焰钟爱
直至树干上分泌出松香
滴在伤口上,温暖地
将大地纺成纱,

（若你在夜里洗劫了我的心，
我所信仰之鸟，我所效忠之鸟！）
将那瞭望塔推入光明
你，得到安抚，
将在壮丽的沉静中飞抵——
无论发生什么。

II

土地侵吞

我走进牧场,
已是黑夜,
嗅草地里的疤
还有风,在它扬起以前。
爱不再放牧,
钟声渐弱
草丛憔悴。

一只号角插在土地中,
被兽王误认,
被夯入黑暗。

我将它拔出泥土,
我将它举向天空
竭尽全力。

为了让这片土地

载满乐音
我吹响号角,
有意在到来的风中
在摇曳的草秆下生活——
不论它出身何方!

生平经历

黑夜长久,
于无法死去,长久
在路灯下徘徊的人而言
太长久
他的裸眼和他的眼
酒息之盲,他指甲下
阴湿肉体的气味
并不总让他麻醉,哦上帝,
黑夜长久。

我的头发不会白,
因为我从机器的怀中爬出,
焦油在我额头上涂抹玫瑰红
也在发丝上,已有人
扼死她们雪白的姐妹。但我,
这首领,行穿十倍于十万
灵魂的城市,我的脚

踏在皮革天空下的灵魂沙蚕上
在十倍于十万的和平烟斗间
悬空，冰冷地。天使之静
我常祈盼
也盼狩猎场，满是
我朋友们
无力的呼喊。

张开腿与翅膀，
青春香蒲般*升起
越过我，越过污水，越过茉莉
进入庞大的夜晚，带着平方——
根之秘，死亡的传说
时刻向我的窗呵气，
先我而生的老者予我
大戟，把笑声灌进
我的喉咙，当我入睡
倒在古书上，
在羞耻的梦中，
思想不适合我，

---

* 双关语，亦可指"不言自明地"。

拨弄流苏

有蛇从中松落。

我们的母亲也曾

梦见她们丈夫的未来,

她们看见他们的伟大,

革新与孤独,

可花园中的短裤过后

向闪亮的野草俯身,

与他们饶舌的爱子

手牵手。我悲哀的父亲,

当时你们为何沉默

不再思考?

迷失于焰之喷泉,

在一门哑火大炮

近旁的夜晚,这夜

该死地长久,在黄疸月亮的

喷发物下,在它苦胆味的

光芒下,雪橇

载着经粉饰的历史

在权力之梦轨上

掠过我(我无力阻挡)。
我并未睡着:我醒着,
我在冰骷髅间寻路
回到家,用常春藤
缠绕手臂和腿,以
余晖染白遗迹。
我守住崇高的节日,
直到它受褒扬时,
我才掰断面包。

在一个傲慢的时代
你得迅速从一束光
走入另一束,从一个国
走入另一个,在彩虹下
圆规尖在心里
取夜为半径。
开阔敞亮。山中
见湖,湖中
见山,整排云椅上
摇曳着
一个世界的钟。是谁的世界,
我不可细究。

事情发生在一个周五
——我为自己的生命持斋,
空气中滴着柠檬的汁液
鱼骨卡在我的上腭——
我从铺开的鱼中拆出
一枚戒指,它于我诞生时
被抛出,落入夜的
河流并沉没。
我把它扔回黑夜。

噢若我没有对死的畏惧!
若我有那个词
(我就不会错过),
若我心中没有蓟草,
(我就不扑灭太阳),
若我口中没有贪婪,
(我就不饮荒芜的水),
若我的睫毛没有翻开,
(我就看不见绳索)。

他们要迁走天空?

若大地不承载我,

我早已安躺,

我早已躺在,

夜晚愿我所在之处,

在它扬起鼻息

抬起蹄子

再做新击以前,

永远击蹄,

永远黑夜。

没有白天。

归途

钥匙花*和着魔
三叶草做的夜晚,
打湿了我的脚
让我走得更轻快。

吸血鬼在背后
练习孩童的步伐,
当他错综地踱步
我听见他的呼吸。

他已跟踪我许久?
我得罪了谁?
能拯救我的东西,
仍未送出手。

---

* 即迎春花。

在秸秆绕岩榫
驻扎的地方
泉水中冒出
年迈、清晰的口:

"为了不凋亡,
外出别太久,
听钥匙当啷,
走进草地房!

纯洁肉体会死,
不再爱它的人,
只会更常谈论
恍惚与悼伤。"

祸患击倒我,
借着它的力量
吸血鬼飞翔时
大展翅翼,

抬起成千头颅,
友人与仇敌之脸,

击碎光环的
土星掩蔽它。

瘢痕若印入
后颈的皮肤,
门扉扇扇打开
绿且不响动。

而草地之槛
闪耀着我的血。
夜,遮起我的眼,
用那愚人之帽。

雾之国

在冬天我的情人
与林间动物为伍。
清晨前我必须折返,
母狐得知并哂笑。
云朵如此颤抖!一层
易碎的冰落在
我的雪之颈翎上。

在冬天我的情人
是众树中一棵,邀请
厄运缠身的渡鸦
至她最美的枝头。她知道,
当暮色降临,风将
扬起她僵硬镶霜的
晚礼服,赶我回家。

在冬天我的有情人

在鱼群中缄默。
顺着从内部波动
她鳍纹的流水,
我站在岸边观看,
她如何潜下和转弯
直至冰石驱赶我。

又被鸟儿的猎鸣
击中,它在我
头顶支起翅膀,我从
空旷的田野上坠下:她剥光
母鸡的羽,向我抛来一根
白色的锁骨。我把它围上脖颈
穿过苦涩的绒毛离开。

我的情人不忠
我知道,她时而蹬着
高跟鞋荡去城中,
她在小酒馆里以麦秸
深吻玻璃杯的嘴,
她传来给所有人的话。
可我不懂这门语言。

雾之国我见过,
雾之心我吃过。

蓝色时刻

年迈的男人道：我的天使，如你所愿，
唯盼你镇住开阔的黄昏
与我并肩走上片刻，
理解椴树密谋的裁决，
灯火浮肿，在蓝中窘迫，
最后的面庞！只有你那张明晰闪耀。
书籍死去，世界的两极松动，
是什么凝集黑暗的潮水，
你头发中的别针，不在其列。
穿堂风在我的房内不作停留，
月之哨声——然后在自由的路线上跳跃
爱被记忆磨损。

年轻的男人问：你便将永远如此？
以我房中的影子起誓，
如果椴树之语黑暗真实，
那就借花簇不经意将它提起，散开你的发

散开夜的脉搏,它欲渗出!
然后一道月之信号,风静止。
灯火在蓝光中结伴,
直到空间与模糊时刻共破碎,
在温柔的咬伤间你的嘴
向我的嘴投宿,直至疼痛教会你:
词语鲜活,它赢得世界,
玩厌又输掉,而爱开始。

女孩沉默,直到纺锤旋转。
星之银币落下。时间在玫瑰中消逝:——
先生们,把剑交到我手中,
而圣女贞德拯救祖国。
伙计们,我们驾船穿冰,
我坚守再无人知的航线。
买银莲花!三愿为盟,
它们在一愿的气息前噤声,
我从马戏帐篷的高空吊索
跃过世界的火圈,
我把自己交到我主手中,
他仁慈地向我送来昏星。

向我解释，爱情

你的帽子悄悄揭开，在风中问候、飘扬，
你未经遮盖的头颅引来云朵，
你的心放在别处，
你的嘴吞并新语言，
凌风草在田野上徒长，
夏天把星星花*吹开又吹熄，
飞絮迷眼你扬起脸，
你大笑你哭泣，你毁在自己手里
还有什么要落在你头上——

向我解释，爱情！

孔雀在庄严的惊奇中开屏，
鸽子竖高颈翎，
空气被咕咕声填满而舒展，

---

* 即紫菀。

公鸭呼喊,整片土地采集
野蜂蜜,沉静的公园里
也有一粒金尘为每垄花畦镶边。

鱼儿羞红脸,蹿出鱼群
穿过洞穴跌入珊瑚床。
蝎子羞怯地和着银沙之曲起舞。
甲虫嗅着远方的绝妙;
但凡我有它们的感官,我也能觉察,
翅膀在它们的甲壳下闪烁,
踏上前往远方草莓丛的路!

向我解释,爱情!

水懂得说话,
波浪牵住波浪的手,
葡萄园里的果实膨胀、爆开又落下。
蜗牛无邪地爬出屋子!

一块石头懂得软化另一块!

向我解释,爱情,那些我无法解释的:

在这短暂可怕的时间里,
我难道只该与思想独处
不去了解爱,也不去行使爱?
人必须思考吗?会不会被思念?

你说:另一个灵魂指望他……
什么也别解释。我看见蝾螈
穿过每道火焰。
没有恐惧追捕它,没有东西让它疼痛。

碎片之丘

花园与寒霜交尾——
面包在炉内烧焦——
丰收传说中的花环
是你手里的火绒。

缄默！把你的乞求，
把因泪水惊惶的词，
留在碎片形成的山丘下，
它总结起垄沟。

若所有罐子都碎裂，
罐中泪水还遗留什么？
下面是满是火焰的缝隙，
是待弈的火舌。

还有蒸汽要创造
当水火之音响起

噢云的,词的升腾,
托付于碎片之丘!

洁白中的日子

在这些日子里我与桦树一同起床
在一面冰打成的镜子前
从我额头上梳出麦发。

掺着我的呼吸,
牛奶结块。
这么早它便轻轻起沫。
我向玻璃呵气的地方,再次
浮现孩童用手指画出的
你的名字:清白!
过了那么久以后。

在这些日子里我不再苦于
自己能够遗忘
又必须回忆。

我爱。我爱到

白热,以《圣母颂》致谢。
在飞行时我学会了它。

在这些日子里我想起信天翁,
我与它一起
翱翔与飞旋
进入一片未经描述的土地。

在地平线上我预感
我传说般的大陆
在沉沦中光华万丈
在对面离我而去
它身着殓衣。

我活,在远处听它的天鹅之歌!

哈莱姆*

桶板从所有云中瓦解,
雨水被筛过每道井筒,
雨水从所有太平梯上跃起
在装满音乐的箱子上乱奏。

黑色的城翻它白色的眼
在每个角落走出世界。
雨之节奏分化沉默。
雨之蓝调被关闭。

---

* 纽约的一个街区,以爵士乐俱乐部闻名。

广告

可我们要去哪里

别担心不用担心

当天黑了当天冷了

不用担心

可

伴着音乐

我们该做什么

欢快点伴着音乐

想什么

欢快点

面对一个终结

伴着音乐

我们该把问题

最好

和那么多年的战栗运去哪里

在梦之洗衣房别担心不用担心

可是会发生什么

最好

当死寂

来临

死港

潮湿的旗帜挂在桅杆上
那颜色从未承托过土地,
它们为泥泞的星辰飘扬
也为休憩于桅楼的绿月亮。

来自发现时代的水世界!
波浪漫盖每条路途,
光线从上方滴落,源自
在空气中铺设的新街之网。

水在其下翻阅《圣经》
指南针立于夜之上。
黄金从梦中洗出,
为海洋留下的是孤寂。

并非一片,一片未经踏足的土地!
水手之网破碎地漂荡,

因为鲁莽的大笑的发现者
已落入死亡的支流。

谣言与诽谤

别从我们的口中出来,
播种龙的词。
它是真的,空气燠热。
光发酵发酸泛起泡沫,
沼泽上悬起蚊纱黑压压。

毒参爱痛饮。
一张猫皮横陈,
蛇在上面嗞叫,
蝎子伴舞。

别传到我们耳中,
他人罪过的谣传,
词,死在沼泽里,
小池塘从中涌出。

词,留在我们身边

带着温柔的耐心
与不耐。这样的播种
必须有个终结!

模仿动物叫声者,与动物不会有任何瓜葛。
泄露床笫秘密者,丧失所有的爱。
词的杂种服侍笑话,为了供奉一个蠢货。

谁希望你裁判这个陌生人?
如果你不请自来,那就从黑夜继续走到黑夜
脚上生出他的疖疮,走!再别回来。

词,成为我们一员
开明、明晰、优美。
当然得有个终结,
留神些。

(螃蟹退隐,
鼹鼠睡得太久,
柔软的水融化
绷紧岩石的白垩。)

来吧,声音和气息的恩惠,
加固这张嘴,
当它的软弱让我们
震惊又压抑。

来吧别违拗,
因为我们与太多祸患交战。
在龙血保护仇敌以前,
这只手堕入了火焰。
我的词,拯救我!

什么是真

什么是真,它不往你眼里撒沙,
什么是真,它让睡与死征求你原谅
深入血肉,它被每种痛苦垂询,
什么是真,它从你坟中移开石头。

什么是真,它如此浑沦如此茫昧
在胚芽和种子里,在腐朽的舌床上
一年又一年,年年如此——
什么是真,它不创造时间而将其偿还。

什么是真,它分开大地的发缝,
梳出梦与花环与耕种,
它胀开梳子,满是拔出的果实
它敲入你身体,将你喝干饮尽。

什么是真,真至盗掠来临前,
于你而言或许性命攸关。

伤口开裂时你是那劫掠品；
不背叛你的，无一向你突袭。

月亮带着变质的罐子前来，
且饮下你的分量。苦涩的夜降落。
浮沫在鸽子的羽翼中凝聚，
不会有一根树枝递来安全。

你因在世界中，受锁链重压，
然而，什么是真，它向墙中跃。
你醒来在黑暗中寻正路，
路朝向未知的出口。

III

初生之国

迁往我的初生之国,迁往
南方,我赤裸贫苦
直至海中峡湾才找到
城市与堡垒。

被尘土踏入睡眠
我躺在光中,
伊奥尼亚的盐让我生叶
一副树骨挂在我身上。

那里没有梦下坠。

那里没有迷迭香盛开,
没有鸟儿在泉中
涤新它的歌。

在我的初生之国,在南方

蝰蛇向我扑来
还有光中的战栗。

噢闭上
闭上眼睛!
把嘴贴在悔恨上!

当我饮下我自己
当地震摇晃
我的初生之地,
我为观看苏醒。

那里生命坠向我。

那里的石头未死。
烛芯弹起,
当一道目光将它点燃。

一座岛屿的歌

阴影之果跌落自墙垣,
月光刷白房屋,海风
搬进冷却火山口的灰烬。

在俊美少年的怀中
海岸沉睡,
你的肉体忆起我的,
它已思慕过我
当船只
脱离了陆地而十字架
背负我们终有一死的重荷
仍尽桅杆之责。

现在刑场空荡荡,
他们寻我们而不得。

* * *

当你苏生,
当我苏生,
没有石头在大门前,
没有小舟浮在海上。

明天木桶滚向
周日般的波浪,
我们足底敷油膏
前往海滩,清洗
葡萄再把收成
踩成酒,
明天在海滩。

当你苏生,
当我苏生,
刽子手吊在大门上,
锤子沉入海中。

* * *

节庆终要来临!
你遭难的圣安东尼,
你遭难的圣雷欧纳德,
你遭难的圣维特。

予我们的恳求广场,予祈祷者广场
音乐与欢乐的广场!
我们学会单纯,
我们在蝉的和声中歌唱,
我们吃又喝,
瘦削的猫
围着我们的桌子徘徊,
直到晚间弥撒开场,
我握住你的手,
用眼睛,
以一颗安静勇敢的心
为你供奉它的愿望。

予孩子蜂蜜与坚果,
予渔夫满载的网,

予花园葳蕤,

予火山月亮,予月亮火山!

我们的火花越过边境,

导弹竟夜袭击

一只车轮,欢庆队伍

乘暗色的筏子远去,把时间

让给史前,

让给潜行的蜥蜴,

让给大肆吃喝的植物,

让给发烧的鱼,

让给风的尽欢和山的

逸乐,一颗虔诚的星

在此迷途,砸在

它胸膛上,碎成粉末。

你们现在要顽强,愚笨的圣人们,

告诉陆地,火山口未休眠!

你遭难的圣罗格,

噢你遭难的圣方济各。

* * *

有人离开时,他必将
用整个夏天收集的
嵌着贝壳的帽子抛入大海
飞扬着发丝启航,
他必将铺满爱意的
桌子翻入大海,
他必将杯中遗留的
残酒倒入大海,
他必将给鱼儿他的面包
把一滴血混入大海,
他必将他的刀稳稳地掷入波浪
沉没他的鞋子、
心、锚还有十字架
并飞扬着发丝启航!
然后他将归来。
何时?
　莫问。

* * *

地底有火,
此火纯净。

地底有火,
和流动的石。

地底有条河,
涌入我们体内。

地底有条河,
烧焦骨骼。

一场大火要到来,
一条河要淹过大地。

我们将成为见证。

北与南

我们太迟抵达花园内的花园
在那无第三人知晓的沉眠中。
我期盼雪落在橄榄枝上
扁桃树上则是雨与冰。

可棕榈该如何经受,
你从温暖的亭子中拖出土堤;
它的叶又该如何在雾中自持,
若你套上了雷雨之衣?

想想吧,雨水令你拘谨,
当我为你携来一把打开的扇子。
你使劲合拢它。时间迎你而去,
自我留存起候鸟之徙。

两个版本的信

罗马的十一月傍晚至高谢意
光滑的大理石暗礁瓷砖寒冷
灯火的浪花在大门关闭前
随冻伤的玻璃杯跳跃的声响
他们从吉他里拧下的单调歌吟
在他们把头颅钻入硬币
携柏树长矛上竞技场前!
木蠹在我身旁的桌边入座——
一片毛虫吞食的叶子究竟什么模样?
雾国的秋天森林斑斓的破布
在巨大的雨泵下面
是否有小枭死之招徕
有龙在温暖沼泽中丧命
有船帆漆黑有乌鸦不祥的啸鸣
有北风在流水四周翻掘
有幽灵船瓦砾堆和荒野
有房屋摞满瓦砾有垂柳

在棺椁河畔负债累累眼泪不休

有疯狂他们营救自深处

把永远和永诀混合成饮

有你疼痛的心神化一切苦楚

毁灭失落相思成疾……

夜里的十一月罗马谐调安宁

没有伤害的分别已经完结

一道纯净的光芒飞向眼睛

柱子从罗望子中长出

噢蓝色音调系起的天空!

唱片落在喷泉中央

转成轻盈的玫瑰脚步

猫儿淫逸地伸展爪子

睡眠侵袭最后一颗星

嘴逃离没有凹痕的吻

丝绸鞋未被碎片刺伤

红酒在朦胧的思绪中迅速沉淀

光又提起明亮的前爪腾跃

包围时代把它们甩入今天

第一伙汽车攻占丘陵

天线在庙宇前列队巡游

接受晨间合唱又为

每声叫卖点燃价格和鸟鸣

马蹄的镜子潜入石板路

菊花填满墓穴

海息及山风混合芳香与泪水

我在其中——你期待什么？

罗马夜景

当跷跷板将七座山丘
向上劫持,受我们
重压与围拢,它也
滑进幽暗的水,

潜入河中淤泥,直到我们怀中
聚起鱼儿。
轮到我们时,
我们撞开。

山丘下沉,
我们上升,与夜
分享每条鱼。

无人跃下。
如此确定,只有爱
而一人高举另一人。

在葡萄藤下

在葡萄藤下在葡萄光里
你最后的脸成熟。
夜必翻开这片叶。

夜必翻开这片叶,
当果皮崩裂
太阳从果肉中渗出。

夜必翻开这片叶,
因为你最初的脸
升入你的幻象,被光扑灭。

在葡萄藤下在葡萄光束里
醉意为你烙一道瘢——
夜必翻开这片叶!

在阿普利亚 *

光在橄榄树下倾空种子
罂粟出现,再度颤动,
取油将其烧尽,
光永不再熄灭。

洞穴诸城中鼓声不绝,
白面包黑嘴唇,
蝇群想吞食
饲料槽里的孩童。

若田中光亮照入穴居人之日,
罂粟或能自灯内冒烟
睡梦中的疼痛将它耗尽
直到它不愿再燃烧。

---

* 意大利南部的一个大区。

驴子或将立起，驮上水袋遍行大地
每只手绣出绳索，
玻璃和珍珠点缀墙面——
门穿着玎玲的衣袍。

圣母们或将哺育孩童，而水牛经过，
角上生烟，来到绿色的饮槽边，
礼物终于凑够：
羔羊血、鱼和蛇蛋。

石头终于研碎果实，罐子烧就。
睁开的眼中淌下油，
罂粟饮醉伏倒，
被塔兰图拉蛛一举擒获。

黑色华尔兹

桨在锣上划出黑色华尔兹,
阴影以钝刺缝合吉他。

门槛下我幽暗的房舍在镜中闪耀,
烛台亲自温柔踩灭燃烧的焰尖。

乐音上蒙着:波浪与演奏的和谐;
地面总怀着另一个目的地相避。

我欠白天叫卖和蓝色的气球——
石躯与鸟翼寻找它们

夜之双人芭蕾的方位,寂然转向我,
威尼斯,定桩插翅,夕与朝之国*!

---

* 夕之国(Abendland)与朝之国(Morgenland),即西方与东方。

只有马赛克扎根把地面攥紧,
柱子绕浮标,假面及湿壁画遗骸起舞。

没有八月为观看狮日所创,
夏天初至它已让鬃毛飘扬。

你想想那偶像般的光亮,船艏的爪击
还有龙骨招引的愚蠢化装舞会,

帆布在淹死的镶木地板上现出尖角
含盐的水,爱与爱的气味。

序曲,接归于静寂的弱起小节,再便是无
拍出休止符的桨与大海的完结部!

多年后

时间的箭轻轻休憩在日之虹中。
当龙舌兰踏出岩石,
其上是你的心于风中摆荡
与时辰的每个目标步调一致。

一道影已飞越亚速尔群岛
你的胸膛颤抖的石榴石。
纵使死亡向此刻宣誓,
你是炫目临近它的窗玻璃。

纵使大海骄纵精于闪亮,
它为一掬血升起水位,
而多年后龙舌兰盛开
在岩石庇护下避开酩酊的洪潮。

影子玫瑰影子

在一片陌生的天空下
影子玫瑰
影子
在一片陌生的大地上
玫瑰与影子之间
在一片陌生的水域中
我的影子

留下吧

旅途行将结束,
旅途之风未至。
你手中落入
一间轻盈纸牌屋。

纸牌上有插图
画着每一处。
你描摹了世界
把它与词相混。

牌局深奥,
随后便要演进!
留下吧,为那一抽,
用它来取胜。

在阿克拉加斯[*]

澄清的水在手中,
白眉的正午,
河流会望见自己的深
最后一次转动沙丘,
用手中澄清的水。

当风从桉树林间卷出
高高扬起、描下气息的树叶,
河流会爱上更深的调。
燧石坚朗的敲击
由风卷入桉树林。

受光与喑哑的灾炎供奉
大海令古老的庙宇敞开,
当河流被荡涤至源头,

---

[*] 古希腊城市名,今意大利阿格里真托。

用手中澄清的水，
从喑哑的灾炎中取它的供物。

致太阳

美于卓著的月亮与它清贵的光,
美于众星,黑夜显赫的勋章,
更美于一颗彗星炽热的登场
远比任何天体更不负美丽之名
因为你我的生命每日都仰仗于它,太阳。

美丽的太阳正升起,未曾遗忘它的伟业,
它将其办成,最美是在夏季,当一个白昼
蒸腾于岸边,船帆无力地倒映
越过你的眼,直到你疲倦,缩减最后一面。

失去太阳连艺术也重新蒙上面纱,
你不再现身于我面前,海与沙
被阴影鞭笞,在我眼睑下逃逸。

美丽的光,让我们温暖,守护并精心照料我们,
让我再次观看,让我再见你!

太阳下最美的莫过于在太阳下……

最美的莫过于看见水中杖与杖上鸟,
它思索它的飞翔,下面游鱼成群,

着了色、成了形,带着光的托付来到世上,
放眼周围,一片田野四方,我的土地千只角
还有你身穿的衣衫。你的衣衫,如钟且蓝!

美丽的蓝,孔雀在其中行走躬身,
迢遥之蓝,幸运之区,种种气候适宜我的情绪
地平线上的蓝意外!我热切的眼睛
再次圆睁、闪动,灼烧得生疼。

美丽的太阳,从尘埃中仍应得到至高的颂扬,
所以我不会因月亮和星星,也不会
因黑夜夸耀彗星而在心中找寻愚人,
却会为了你;很快,我便将无休、逾常地
哀叹我注定丧失的双眼。

IV

流亡途中的歌

爱之律法何其严苛!纵然不公
也须遵从;因它通天达地
震寰宇,通终古。

——彼特拉克,《凯旋》*

1

棕榈枝折断在雪中,
楼梯倾塌,
城市僵立,闪耀在
陌生的冬辉中。

孩子们叫唤

---

* 引自《凯旋》中《爱之凯旋》一章,原文为意大利语。

登上饥饿之山
他们吃白面
朝拜天空。

丰饶的冬日亮片,
柑橘黄金,
在狂野劲风中飘荡。
血橙翻滚。

2

我却独自躺在
满身伤痕的冰丛林中。

雪犹未
缚住我的眼睛。

向我逼来的死者,
所有舌头都沉默。

无人爱我,为我
挥舞过一盏灯!

3

斯波拉泽斯*,这些岛屿,
海中的美丽残片,
四周有寒流环泳,
仍俯身结出果实。

白色救星,这些船只
——孤独的风帆之手!——
回指陆地,在它们
沉没以前。

4

前所未有的寒冷来袭。
飞行的突击队跨海前来。
海湾带着所有驳船投降。
城市已沦陷。

我无辜,困在

---

* 位于希腊东海岸的群岛。

被征服的那不勒斯,

那里的冬天

将波西利波和沃梅罗*安放于天际,

它白色的闪电

在歌声下猖獗

它校正

沙哑的雷鸣。

我无辜,直至卡马尔多利†

石松仍搅动层云;

了无慰藉,因雨水

鲜少刮去棕榈的鳞叶;

了无希望,因我不该逃离,

即便鱼儿竖鳍防卫

即便在冬日沙滩上,薄雾

被温暖的波浪掀起

为我筑一堵墙,

即便逃离的

---

* 那不勒斯的两个区。
† 意大利托斯卡纳大区东部的一座城市。

波涛

为逃离者

卷走下一个目的地。

5

扔掉焚香料之城的雪!
果实的空气定要穿过街道。
播撒葡萄干,
带来无花果,刺山柑!
让夏天焕然,
让循环更新,
出生、血液、粪便与痰液,
死亡——钩入鞭痕,
线条强加于
脸庞
狐疑、败坏、衰老
被石灰勾勒,浸入油中,
因交易而狡黠
熟悉危险,
熔岩之神的恼怒
天使烟尘

还有受诅的酷暑!

6

在爱情中
蒙训于万卷书,
受教于传达
来自鲜少可变的手势
还有愚蠢的誓言——

在爱中初落成
可偏在这里——

当熔岩喷涌而下
它的气息
在山脚击中我们,
当枯竭的火山口最终
献出钥匙
为这些闭锁的身躯——

我们踏入着魔的房间
用指尖将黑暗

点得通明。

7

在内部你的眼是窗
面向一片土地,我立于土中澄澈。

在内部你的胸是一片海,
将我拽入海底。
在内部你的臀是一段栈桥
泊我的船,它从
过于浩大的航程归来。

幸福如银缆,
我紧附其上。

在内部你的口是一处松软的巢
栖我羽翼渐丰的舌。
在内部你的躯是蜜瓜之光,
甘甜可口回味无穷。
在内部你的血管平静
完全灌满以我泪水

浣洗的黄金，

它终有一日将为我抵偿。

你接受头衔，你的双臂拥抱

首先交付于你的货物。

在内部你的脚从不上路，

却已抵达我的天鹅绒国度。

在内部你的骨是清亮笛声，

我能从中变幻出音调，

连死亡都会为之倾倒……

8

……大地、海洋和天空。

被吻掘碎

这大地，

这海洋和这天空。

被我的词紧拥

这大地，

仍被我最后的词紧拥

这海洋和这天空！

被我的声音侵扰
这片大地,
在我齿间啜泣
它落了脚
与所有的高炉、塔楼
和高傲的山峰,

这片遭挫的大地,
向我袒露它的峡谷,
它的荒原、沙漠与冻土,

这片躁动的大地,
它颤动的磁场,
将它束缚在此
用它仍未知的力量之链,

这片醉人自醉的大地
与茄科植物,
铅毒
和有香气的河流——

沉入大海
升上天空
这大地!

9

黑色的猫,
地面上的油,
邪恶的眼神:

厄运!

吹响珊瑚号角,
把角挂在房前,
晦暗,没有光!

10

噢爱情,凿开、扔弃了
我们的外壳,我们的盾牌,
气象之庇与岁月的褐锈!

噢苦难,踩灭了我们的爱,
它的潮火在正感知的部位!
成烟,在烟中湮灭,焰走入自身。

11

你想要雷闪,掷出刀,
你斩开空气中温暖的血管;

敞开的脉搏中,最后的焰火
无声绽放,让你眩目:

疯狂、蔑视,还有复仇,
再已有悔恨与退缩。

你仍察觉你的刃在变钝,
最终你感受,爱如何终结:

以真诚的风暴,纯净的呼吸。
爱把你逐入梦之地牢。

在那里垂下它的金发,
你伸手去捕那通往虚无的阶梯。

梯木一千零一夜高,
最后一步入虚空。

你跌落之地处处古老,
每处你都赠出三滴血。

你昏蒙攥住无根的卷发。
铃铛声响,这便已足够。

   12

口,在我口中夜宿过
眼,曾由我的眼守护
手——

还有曾拖走我的,那双眼!
口,曾说出审判,
手,处决过我!

13

太阳不暖,大海无言。
坟茔雪掩,无人解封。
就没有火盆填满
长燃的炭火?可炭火不为。

拯救我!我不能再死了。

圣人另有所为;
他照看城市,为面包奔走。
晾衣绳架着布匹多沉重,
很快就要掉落。可它盖不住我。

我仍无辜。扶起我。
我不无辜。扶起我。

冰粒从凝冻的眼中释出,
与寻蓝色深底的
目光同侵入,
泳、望、潜:

那不是我。
那是我。

14

等候我的死,再重新把我听见,
雪篮倾倒,水歌唱
所有声调汇入托莱多*,雪在消,
和谐音融化冰。
噢盛大的消融!

你多多期待!

夹竹桃中的音节,
槐绿中的词
墙间小瀑布。

水池填满
明亮灵动的
音乐。

---

* 西班牙中部的城市。

15

爱有一场凯旋,死有一场,
时间及其后的时间。
我们未有。

我们周围唯有天体的沉落。余辉与沉默。
但其后尘埃上的歌
将凌越我们。

一九五七年至一九六一年诗作

兄弟情谊

一切都是敲打创伤,
谁都不曾原谅对方。
与你一样伤人受伤,
我曾向你而活。

这纯洁的灵魂触碰,
每次触碰愈加稠烈,
我们经历着它老去,
返归最冰冷的沉默。

[别为这民族裁定信仰]

别为这民族裁定信仰,
星星,船只和烟雾已然足够,
它在物中平息,确定
星与无尽的数字,
一种特征,称为爱的特征,
更纯净地于万物中现身。

天空凋零地垂下,星从
月与夜的关联中挣脱。

和平旅馆

玫瑰之重无声从壁上跌落,
地板与土地的光芒穿透地毯。
光明之心击碎灯盏。
灰暗。步伐。
门闩艰难地挪向死亡。

流亡

我是漂泊的死者
再不于任何地方登记
于长官的帝国无人知晓
于金黄的城池里
于渐绿的土地上无处容身

早已解决一切
根本无所思虑

只和风和时间和乐音相伴

我无法在人群中生活

我和德语
它的云围绕着我
我视她作房屋
穿透所有语言

哦她变得这么暗淡

雨音昏沉

只有几丝落下

然后她把死者在更明亮处托起

这场洪暴过后

这场洪暴过后
我想见到鸽子,
唯愿见到鸽子,
再一次被救起。

我必将沉入这片海!
若它不飞离,
若它未在最后时刻
衔着叶子归来。

米利暗[*]

你从何处取来的深色头发,
以扁桃之音念出的甜美名字?
你从清晨起便如此闪耀,不因你年轻——
你的国是清晨[†],已有千年。

向我们允诺吧耶利哥[‡],唤醒《诗篇》,
约旦之泉从你手中流出
让刽子手们惊惧地石化
转瞬便有了你的第二片土地!

你触碰每块石胸膛,行奇迹,
让岩石都喷涌出泪水。

---

[*] 《出埃及记》中耶和华的女先知,亚伦和摩西的姐姐。
[†] 从欧洲大陆来看,清晨之国或朝之国是朝着太阳升起方向的国家,广义上指包括远东、中东及近东在内的东方国度。此处巴赫曼将这个词拆解,点出了米利暗的出身。
[‡] 通向耶路撒冷朝圣之旅的最后一站。位于约旦河流域,因其温暖的气候而成为耶路撒冷领袖人物冬天的居所。

接受热水的洗礼吧。
与我们保持陌生,直至更加陌生。

经常会有一片雪落入你的摇篮。
木桶之下会有冰之音。
可若你睡熟,世界就被驯服。
红海没收它的水!

洋流

在生中如此远,离死如此近,
我连能为之争辩的人都没有,
便把我的一部分从大地上撕下;

我将绿楔掷向寂静的大洋
正中洋心,再把自己冲回岸边。

锡鸟升起,还有肉桂的气味!
与时间兼我的杀手独处。
我们在醉意酣畅中化茧。

去吧,思想

去吧,思想,只要一个明澈欲飞之词
是你的翅膀,托起你,前往
轻金属摇摆的地方
一种崭新的思维中
空气锋锐的地方
武器以独一的方式
言谈的地方。
在那里为我们辩护!

巨浪让浮木高举又低沉。
高烧夺走你,使你坠落。
信仰只挪走一座山。

让站立的站立,去吧,思想!

别让非我们痛苦之物渗入。
彻底同我们一致!

爱：黑暗的大洲

漆黑的君王露出猛兽的指甲
十轮苍白的月亮由他逐入轨道，
他还指挥浩大的热带雨。
世界从另一个尽头注视你！

你跨海伸展至黄金和象牙
打造的滨岸，来到他嘴边。
可在那里你总是双膝跪地，
他无来由地拒绝和选择你。

他指挥着盛大的白日往复。
空气残碎，绿与蓝的玻璃，
太阳烹煮浅水里的鱼，
牧草在水牛群周围焚烧。

目眩的商队在彼方迁移，
他扬鞭命沙丘穿过荒漠，

他要看见你的足下有火。
从你的鞭痕中淌出红沙。

毛茸绚丽的他就在你身侧，
他将你抱起，把他的网迎面撒向你。
藤蔓在你臀边纠缠，
厚重的蕨草在你颈间弯卷。

所有丛林之龛中传出叹息与呼喊。
他举起物神。你忘却词语。
可爱的林地搅动幽暗的鼓声。
你入魔地望着你的死域。

看，瞪羚在空中盘旋，
枣堞停在半途！
一切皆禁忌：土壤、果实、河流……
镀铬的蛇悬在你的手臂上。

他双手奉出权柄。
佩上珊瑚，走入明亮的疯狂吧！
你能令帝国失去它的君王，
你本隐秘，去目击他的秘密吧。

所有界限在赤道周围沉落。

豹独自立于爱之空间。

它从死亡山谷迁来。

它的前爪拖拽天空的褶边。

咏叹调之一*

不论我们在玫瑰的阵雨中转向何方,
夜晚都已被荆刺点亮,花丛中
曾如此悄寂的叶片,它的雷鸣
现正紧随我们的脚步。

不论玫瑰点燃的东西在何处被熄灭,
雨水都将我们冲入河流。哦更辽远的夜!
可遇见我们的一片叶,在波浪上翻涌
一直跟从我们至河口。

---

* 本诗的第一节即《在玫瑰的阵雨中》原诗。第二节的头两句有改动,原稿为"我们将不再渴念土地中的玫瑰。/ 雨水复雨水给了我们夜的河流"。

自由通行（咏叹调之二）

伴着睡意酩酊的鸟
和被风射穿的树
白昼升起，大海在其上
倒空泛起泡沫的酒杯。

河流涌向宏大的水域，
土地将纯净空气的
爱之应诺衔于口中
还有新鲜的花朵。

大地不愿承载蘑菇云，
不在天空面前吐出造物
用雨水与怒雷掣电废除
毁朽空前的噪音。

她愿与我们一起看
斑斓兄弟与暗淡姐妹苏醒

看游鱼君王，夜莺殿下
和火之侯爵沙罗曼蛇。

她为我们往海中种植珊瑚。
她命令森林保持安静，
大理石鼓起美丽的脉络，
再一次让露水行过灰烬。

大地欲自由通行于宇宙
每日都从黑夜中出走，
还要萌发一千零一个清晨
有古旧之美与蓬勃的恩惠。

你们这些词

敬献给友人、诗人奈莉·萨克斯

你们这些词,起来,跟着我!
即便我们已经动身,
走得太远,也还能继续
向前,没有尽头。

它不照亮。

词
倒只会
牵引其他词,
句牵引句。
于是世界,
最终,
非要加入,
想成为已说的。

你们别说它。

词,跟着我,
不会有终结
——别理会对词的贪欲
和针对异言的格言!

你们现在暂且别让
任一情感说话
让心脏以别的方式
锻炼肌肉。

就这样吧,我说,就这样。

不要向至高的耳朵里
耳语,我说,一个字,
别去想什么死亡,
就这样,跟着我,别温和
也别激烈
更别安慰
没有安慰
别突出,

所以也别不起眼——

千万别成为这些：灰烬之纱中的
比喻，音节空洞的
轰鸣，垂死的词群。

别做垂死之词，
你们这些词！

一九六四年至一九六七年诗作

确切

致安娜·阿赫玛托娃

谁的词语从未被翻乱
我告诉你们,
谁只懂得自救
靠那些词语——

谁就不治。
短径不通
长路也绝

要让唯一的句子经受考验
就要承受词语的珰琅

写下这句话时
没人不署名。

波希米亚在海边 *

若此地的房屋是绿的,我还会踏入其中一所。
若这里的桥梁完好,我会在结实的地面上走。
若爱之艰辛无论何时都将消散,我乐于在这里失去。

若不是我,就是一个与我同样的人。

若一个词在这里与我毗邻,我便让它毗邻。
若波希米亚仍在海边,我就再次相信众海。
若我还信任海,我便寄希望于陆地。

若是我,就是每一个与我相同的人。
我不再为自己指望。我愿沦亡。

---

* 诗题引自莎士比亚戏剧《冬天的故事》第三幕第三场,场景为"波希米亚。海滨荒漠之国"。波希米亚(今捷克共和国中西部)实际位于内陆,并不临海,真正靠海的是诗中的伊利里亚、维罗纳及威尼斯地区。

沉沦——即入海，我在那里重新找到波希米亚。
遭受沦亡，我平静地醒来。
现在我彻底清明，我并不迷惘。

你们过来吧，全波希米亚，水手、港口娼妓和
未下锚的船。你们难道不愿做波希米亚人，所有伊
　利里亚人、维罗纳人
和威尼斯人。演些使人发笑，

又惹人落泪的喜剧吧。去失误百次，
像我这样，从未通过排练，
可我还是通过了，一回又一回。

像波希米亚那样通过，于晴朗之日
获赦至海滨，它如今就在水边。

我仍与一个词，与另一片陆地毗邻，
我，即便再微小，也越来越毗邻于一切，

一个波希米亚人，一个身无长物、心无挂碍的流浪艺人，
只被赋予了，从备受争议的海上，看我所选陆地的天赋。

布拉格,六四年一月

自从那晚
我重新走路和说话
调子是波希米亚的
仿佛我又回到家,

回到伏尔塔瓦河、多瑙河
与我童年河流之间
万物都对我有概念。

走,一步步地归来
看,被注视,我又将它学会

我仍弯腰眯眼
在窗边逗留,
看没有星星的
阴影之年,
悬于我口中,

消失在小丘上。

在城堡区上空
早晨六点
来自塔特拉山的铲雪人
用他们皲裂的糙手
清扫这冰盖的碎片。

在我爆裂的石块下
石块也是我的河流
涌出了获得解放的水。

直到乌拉尔山都听得见。

一种损失

共同使用过:季节、书籍与一支乐曲。
钥匙、茶盏、面包篮、床单和一张床。
一套词语的手势的嫁妆,带来、利用、消耗过。
遵守过一份住房守则。说过。做过。手总伸着。

在冬天沉迷过一场维也纳七重奏,我在夏天热恋过。
爱过地图,一处山间巢穴,一座沙滩和一张床。
用日期行过一场祭礼,宣告过承诺不可废止,
景仰过一个什么,笃信过一个空无,

(——还有折起的报纸,冰冷的灰烬,附留言的字条)
在宗教里无畏,因为教堂曾是这床。

湖景中浮现我无休无止的画作。
从阳台向下问候众人,我的邻居,
在壁炉之火旁,在确信中,我的头发显出最非凡的
  色彩。

门前的铃声是对我喜悦的警报。

我失去的不是你,
而是世界。

谜

致《咏叹调》[*]时期的汉斯·维尔纳·亨策

再没有什么会来[†]。

春天不会再有。
千年历向每个人预言。

可夏天,还有往后的,那些名字如此动听
好比"夏日般的"都是——
没有什么会再来。

连你也不应哭泣[‡],
一段乐曲说。

---

* 一九六三年汉斯·维尔纳·亨策改编自意大利诗人托尔夸托·塔索诗歌的咏叹调。
† 改写自阿尔班·贝尔格《彼得-阿尔滕伯格之歌》中的一句诗。
‡ 暗指马勒第三交响曲中《乞童之歌》中的一句词。

此外
无人
诉说
什么。

非佳肴

再没什么让我喜爱。

我应该
用一朵扁桃花
装扮一个隐喻?
把句法钉死在
一种光效应的十字架上?
谁会为如此多余的东西
绞尽脑汁——

我学会了一种通晓
用存在的
那些词语
(为最低的层次)

饥饿
　　　耻辱

　　　　　　泪水
和
　　　　　　　　幽暗。

和未提纯的抽泣
和之于诸多苦难、
病况、生活开支的
绝望
（而我仍绝望于绝望）
我都能和睦相处。

我冷落的并非文字，
而是自己。
其他人懂得
天晓得怎样
用词语自救。
我不是我的助手。

我应该
捕捉一个思想，
把它押入一间被照亮的句之囚室？
用一小口上品的词

饲喂眼睛与耳朵?

探究一个元音的力比多,

厘清我们辅音的收藏价值?

我必须

用被冰雹砸毁的头脑

用这手中书写时的痉挛,

在三百夜的压力下

撕破纸,

清扫被策动的词之歌剧,

如此灭绝:我你他她它

我们你们?

(就应该这样。其他人都应该这样。)

我的部分,应该遗失。

图书在版编目（CIP）数据

大熊座的呼唤：英格博格·巴赫曼诗合集 /（奥）英格博格·巴赫曼著；徐迟译 . -- 北京：北京联合出版公司，2024.4
ISBN 978-7-5596-7380-0

Ⅰ.①大… Ⅱ.①英… ②徐… Ⅲ.①诗集－奥地利－现代 Ⅳ.① I521.25

中国国家版本馆 CIP 数据核字 (2024) 第 036858 号

大熊座的呼唤：英格博格·巴赫曼诗合集

作　者：[奥] 英格博格·巴赫曼
译　者：徐　迟
出 品 人：赵红仕
策划机构：明　室
策划编辑：赵　磊
特约编辑：赵　磊
责任编辑：龚　将
装帧设计：山川制本 workshop

北京联合出版公司出版
(北京市西城区德外大街 83 号楼 9 层　100088)
北京联合天畅文化传播公司发行
北京市十月印刷有限公司印刷　新华书店经销
字数 90 千字　787 毫米 ×1092 毫米　1/32　8.5 印张
2024 年 4 月第 1 版　2024 年 4 月第 1 次印刷
ISBN 978-7-5596-7380-0
定价：62.00 元

版权所有，侵权必究
未经书面许可，不得以任何方式转载、复制、翻印本书部分或全部内容。
本书若有质量问题，请与本公司图书销售中心联系调换。
电话：(010) 64258472-800